KB129401

창문을 통과하는 빛과 같이

트리플 25

TRIPLE

창문을 통과하는 빛과 같이

서이제 소설

차례

창문을 통과하는 빛과 같이

한때 나는 세연이었다. 한동안 나는 세연으로 살았지만, 그를 진정으로 이해했다고는 할 수 없을 것이다. 나는 오랫동안 그를 이해하기 위해 애썼지만 언제나 실패하고야 말았다. 아직도 그때의 내가, 그러니까 내가 세연으로 살면서 느꼈던 감정에 대해 명확히 설명해낼 수 없다. 그저 찰나의 감정이었다고, 한순간의 충동이었다고. 마치 영화를 보며 울고 웃는 관객처럼 나 또한 어떤 이야기에 몰입하게 되었을 뿐이라고. 이따금 어떤 배우들은 역할에 과도하게 몰입한 나머지 촬영이 끝난 후에도 그 감정으로부터 쉽게 빠져나오지 못하기도 하니까. 나 또한 그런 경험을 한 것이라고 생각했다.

그러나 이제는 아무래도 상관없을 것이다. 그 감정이 무엇이었고, 진실이 무엇이든. 나는 더 이상 그 문제에 대해 생각하지 않기로 했다. 내가 그를 이해했건 이해하지 못했건, 이제 와 달라지는 건 아무것도 없다. 이제 나는 더 이상 세연이 아니었고, 세연으로 살아갈 일도 없을 테니까. 그런 일은 내게 두 번 다시 벌어지지 않을 테니까.

시사회에 갈 생각을 하니, 이런저런 미련한 생각에 마음이 복잡해지는 건 어쩔 수가 없었다. 너를 다시 만나게 되면 나는 어떤 표정을 지어야 할까. 어떤 말로 대화를 시작하는 게 좋을까. 고민했지만, 모두 부질없는 생각이란 것 또한 잘 알고 있었다. 너는 관객들에게 짧게 인사를 하고 극장을 나갈 것이고, 나는 그저 멀리서 그 모습을 지켜볼 수밖에 없을 것이다. 그 사실을 알면서도 자꾸만 떠오르는 것. 네가 객석에 앉아 있는 나를 발견하고 내게 다시 연락을 하는, 그리하여 결국 우리가 다시 마주하게 되는 그런 식의 이야기. 그런 허

황된 이야기 속에 자꾸만 나를 몰아넣게 되었다. 그러다가도 덜컥 겁이 났는데, 나는 도대체 무엇이 겁났던 것인지. 지금이라도 윤 감독에게 전화를 걸어, 급한 일이 생겼다고 거짓말이라도 해야 하나 고민이 되었다.

윤 감독님

최근 통화 목록에 찍힌 이름을 보았다. 연기를 그만두었기 때문에 그와 다시 작업을 하게 될 일은 없겠지만, 그럼에도 나는 여전히 그를 그렇게 부르고 싶었다. 그는 내가 연기를 그만둔 후에도 매년 안부를 전해주었다. 그는 나를 한 인간으로서 아껴주었다. 그건 나 또한 마찬가지였다.

재작년 봄이었나. 그는 데뷔작을 준비하고 있다고 했다. 좋은 조건으로 계약을 하고, 장편 시나리오를 쓰는 중이라고. 그러나 이후로는 별다른 소식이 없는 것을 보아, 아무래도 작업이 지연되었거나 무산된 듯했다. 나는 이에 대해 자세히 묻지 않았다.

어쨌든 며칠 전 그는 오랜만에 연락을 해 와서는, 내게 시사회에 갈 거냐고 물었다. 그는 너로부터 시사회 티켓 두 장을 받았다고 했다. 그는 너와 내가 멀어졌다는 사실을 아예 모르고 있는 듯했다. 나는 시사회 티켓을 받지 못했다고, 사실은 너와 연락을 하지 않은 지 꽤 되었다고 알려주었다. 그는 둘 사이에 무슨 일이 있었던 거냐고 묻지 않았다. 대신, 그래도 시사회에 갈 마음이 생기면 알려달라고 했다. 그 말을 듣자마자 나는 가겠다고 답했다. 어디서 그런 용기가 나왔던 것인지는 알 수 없었다.

*

10년 전, 윤 감독은 독일 유학을 마치고 한국에 돌아온 지 얼마 되지 않은 젊은 감독이었다. 그는 한국을 배경으로 새로운 영화를 찍고자 했고, 너는 그의 영화에 출연이 확정된 상태였다. 정말 똑똑하고 재미있는 여자야. 너는 윤 감독에 대해 자주 이야기하곤 했다. 영화를 찍는 게 이렇게 자유롭게 느껴졌던 적은 처음이라니까. 내가 이 작품에 진정으로 참여하고 있다는 생각이 들어. 나는 너에게 어떤 이야기냐고 물었고, 너는 졸업을 앞둔 열아홉 살 아이의 이야기라고 설명했다. 아니, 네가 맡은 캐릭터가 아니라 줄거리 말이야. 내가 다시 묻자, 너는 묘한 표정을 지으며 답했다. 아직 줄거리가 없어. 촬영을 하며 하루하루 조금씩 만들어갈 예정이야. 너는 매주 감독과 만나 고등학교 시절 이야기를 나눈다고 했다. 나는 꺼림칙한 느낌을 지울 수 없었다. 아무래도 네가 사기꾼에게 잘못 걸린 것 같다고 생각했다. 뭐 하는 사람인데? 영화를 제대로 찍어본 적 있는 사람이야? 너는 그가 지금껏 작업한 영화들에 대해 자세히 설명해주었다. 마치 자랑이라도 하듯. 나는 그런 네가 걱정이 되었다. 네 얘기도 많이 했어. 같이 연기를 공부하는 친구가 있다고. 고등학교 이야기를 하는데 네 이야기를 안 할 수 없지.

*

우리가 다녔던 고등학교에는 영화 동아리가 없었다. 그래서 영화를 찍고 싶어 하는 친구들은 방송반으로, 연기를 하고 싶어 하는 친구들은 연극 동아리로 모일 수밖에 없었다. 재학 당시, 연극 동아리에서 영화배우를 꿈꾸는 학생은 우리 둘뿐이었다. 우리는 빠르게 가까워졌다. 우리는 함께 영화를 보러 다니기 시작했고, 연극영화과에 대한 정보를 공유하기도 했다. 연기 연습을 하면서 상대 배역이 되어주기도 했다.

공교롭게도 둘 다 연극영화과 진학에 실패했기 때문에 우리는 서로를 더욱더 의지하게 되었다. 졸업 이후 우리는 서울로 상경하여 함께 살기 시작했다. 스무 살 때부터 스물세 살이 될 때까지. 재수 후 서로 다른 대학 연극영화과에 진학하고, 각자의 시간을 보내면서 따로 살게 되었지만. 우리는 함께 살았던 시절을 늘 그리워했다. 나중에 다시 합치자고, 배우로 성공하면 아주 큰 집을 사서 함께 살자고, 결혼하지 말고 그렇게 살자고. 우리는 만날 때마다 자주 이야기하곤 했다. 그때까지만 해도, 나는 우리가 서로 다른 삶을 살게 될 것이라고 생각하지 못했다. 내 상상 속에서 우리는 늘 함께였다.

*

이른 새벽, 가게로 향할 때마다 지나치는 골목이 있었다. 그 골목에는 윤 감독이 예전에 사용했던 작업실이 있었다. 작고 허름한 작업실이었는데, 그마저도 개인 작업실이 아니라 좁은 공간에 구획을 나눠서 여러 명이 사용하던 곳이었다. 지금은 누가 무슨 용도로 사용하고 있는지 모르겠지만, 이따금 새벽까지 불이 켜져 있는 게 보였다. 그 불빛을 보면, 그곳에 오디션을 보러 갔던 게 생각났다. 아니, 오디션이라기보다는 미팅에 가까웠다. 그는 첫 만남에서 직접 내린 커피를 내게 건네주었다.

*

한 인물에 대한 사랑으로 영화를 만들려고 해요. 인물에게 마음껏 움직일 수 있는 세상을 주고, 그가 자연스럽게 변할 수 있는 시간을 충분히 주고 싶어요. 이건 불확실한 미래와 열린 가능성을 보여주는 영화가 될 거예요. 그는 내게 설명했지만, 사실 내가 알고 싶었던 건 그런 게 아니었다. 그래서 무슨 이야기예요? 내가 묻자 그가 웃으며 답했다. 그건 아직 모르죠. 그건 촬영을 하면서 매일 조금씩 알게 되겠죠. 나는 그의 말과 표정, 모든 게 의아했다. 그럼 시나리오는요? 시나리오는 정말 없는 거예요? 그는 자신이 하려는 작업에 대해 다시 차근차근 설명해주었다. 나는 그로부터 꽤 많은 이야기를 들을 수 있었지만, 그럼에도 그의 작업 의도나 방향성을 이해하기는 쉽지 않았다. 시나리오 없이도 영화를 찍을 수 있어요. 아니, 시나리오가 없어야만 찍을 수 있는 영화가 있어요. 이건 현실과 허구의 경계를 탐구하는 작업이에요. 그 말을 듣고 나는 고개를 끄덕였다. 그 말의 의미를 이해해서가 아니었다. 너무도 배가 고프고 지쳤기 때문이었다. 네, 이제 알 것 같아요. 자세히 설명해주셔서 감사합니다. 커피도 정말 맛있었어요. 사실 나는, 커피를 다 마실 때까지도 그가 하는 말을 이해할 수 없었다.

미팅을 마치고 돌아오며 나는 그가 내게 마구 던져놓은 단어들을 곱씹어보았다. 사랑, 자유, 미래, 가능성, 현실, 허구, 경계. 내게는 모두 막연하고도 거창한 언어들이었다. 내가 보기에 그의 영화는 여느 하이틴 영화와 다를 바 없었다. 그럼에도 내가 이 영화에 출연하기로 결심했던 건, 내게 별다른 선택지가 없었기 때문이었다. 이것저것 가릴 형편이 아니었다.

*

그렇게 너와 나는 스물세 살에 다시 교복을 입게 되었다. 우리가 다녔던 고등학교 교복과는 전혀 다른 디자인이었지만, 다시 교복을 입으니 왠지 모르게 지난 시절을 한 번 더 사는 느낌이 들었다. 우리는 고등학교 친구였고, 영화 속에서도 고등학교 친구가 되었다.

세연아.

수민아.

이름을 부르자 바로 웃음이 터져 나왔다. 나는 세연, 너는 수민. 그게 한동안 우리에게 주어진 이름이었다. 세연과 수민은 열아홉 살이었고, 같은 학교에 다니고 있었다. 그게 우리가 알고 있는 전부였다. 촬영이 시작되기 전까지.

첫 촬영은 동작구 어느 거리에서 진행됐다. 윤 감독이 고등학교 시절에 자주 걸었던 거리라고 했다. 아파트 단지를 사이에 두고 나무가 무성하게 자라 있었다. 나는 그 거리를 걸으면 되었다. 그냥 걷기만 하면 돼요? 네, 편하게 걸으면 돼요. 윤 감독의 요구는 그게 전부였다. 촬영이 시작되고, 나는 그의 말에 따라 천천히 걸었다. 그런데 도대체 어떻게 걸어야 하는 걸까. 무슨 생각을 하면서 걸어야 하는 걸까. 걷는 연기를 하고 있다고 생각하니 내가 걷고 있다는 사실이 어색하게 느껴졌지만 금방 익숙해졌다. 한참을 걷다 보니 어느새 별다른 생각 없이도 걸을 수 있게 되었다.

잎이 무성한 나무를 올려다보거나 주변을 둘러보면서. 산책을 나온 개나 아이들 쪽을 물끄러미 바라보기도 하면서. 횡단보도를 건너거나 빨간불에 멈춰 서면서. 그러다가 이어폰을 꽂고 음악을 듣기도 하면서.

카메라가 있다는 사실조차 잊었을 때, 자전거 한 대가 내 앞을 빠르게 지나쳤다. 그리고 곧 내 앞에 멈춰 섰다. 너였다. 갑작스러운 등장에 놀라 걸음을 멈췄다. 우리는 잠시 서로를 물끄러미 바라보았다. 너는 내게 이어폰을 빼라는 듯, 자신의 귀를 손가락으로 툭툭 치면서 웃어 보였다. 나는 이어폰을 뺐다. 그러자 너는 환하게 웃으며 내게 물었다. 우리 한강 갈래? 나는 얼떨결에 고개를 끄덕였다. 끄덕이게 되었다.

그렇게 영화는 시작되었다.
너의 말에 따라, 나의 반응에 따라,
다음 신이 결정되었다.

우리는 한강으로 이동하며 몇 컷을 더 찍었다. 내가 너의 자전거 뒷자리에 올라타는 장면과 자전거를 타고 달리는 장면, 이어지는 풍경 같은 것들. 윤 감독은 너에게 지시를 내린 모양이었다. 자전거를 타고 가다가 나를 만나면 말을 건네라고. 무슨 말이든 좋으니, 자유롭게 한번 해보라고. 너의 말에 따르면 윤 감독의 요구는 그게 전부였다고 했다.

한강에 도착해 우리는 김밥과 컵라면으로 배를 채웠다. 그런데 왜 하필 한강에 가자고 했어? 잘 모르겠어. 갑자기 말이 그렇게 나왔어. 너는 그렇게 말하고는 라면 국물을 들이켰다. 그냥 말이 그렇게 나왔다고? 나는 이 영화가 어떻게 흘러가게 될지 짐작조차 할 수 없었다. 아니, 사실은 여름방학인 것 같아서 그랬어. 너는 나무젓가락을 내려놓으며 말했다 날이 너무도 화창하더라고. 온 세상이 푸르니까, 아마 여름방학이겠지? 보충수업을 받으러 학교에 가는 길인 것 같은데. 음, 거리에 다른 학생들이 없는 것을 보아 아무래도 지각을 한 것 같았어. 아마 둘 다 지각을 한 모양인데. 세연이, 그러니까 네가 너무 느긋하게 걷더라고. 학교에 갈 마음이 없어 보였어. 수민이는 아마 그걸 알아봤을 거야. 지각생은 지각생 마음을 이해하니까. 불현듯 이대로 학교를 빠지고, 실컷 놀고 싶다는 생각이 들었어. 그렇게 생각하니까 갑자기 말이 그렇게 나왔어. 지금은 방학이잖아. 네 말을 듣고 주변을 둘러보았다. 말 그대로였다. 정말 온 세상이 푸르렀다.

*

주로 손님이 몰리는 시간은 출근 시간과 점심시간이었다. 빵을 만드는 일부터 판매까지, 혼자서 모든 일을 해야 하기 때문에 더욱더 정신이 없었다. 그러나 그 시간만 지나면 언제 그랬냐는 듯 한적해졌다. 특히 늦은 오후에는 손님이 거의 없었다. 따분했다. 나는 지루한 시간을 견디기 위해 되도록 책을 읽으려고 했다.

노력했다. 글자가 눈에 들어오든 그렇지 않든. 그러다가 그것도 지겨워지면 멍하니 창밖을 바라보았다. 이차선도로에 자동차가 지나가고, 이따금 사람이 지나가는 게 전부인 풍경이었다.

처음에는 이 여유가 좋았지만, 점점 시간이 지날수록 꼭 그렇지만은 않다는 걸 알게 되었다. 아니, 정확히 말해 이제는 이 여유가 싫었다. 가게에 발이 묶인 느낌이었다. 가게를 운영한다는 건 자유롭게 돌아다닐 수 없다는 것을 의미했다. 가게를 운영하기 전까지는 몰랐다. 이 일에 내 시간을 다 쏟아야 한다는 것을 말이다. 가게를 유지하는 데는 돈과 노동력뿐만 아니라, 한 개인의 시간이 필요했다. 무엇보다도 시간이 중요했다. 가세가 바쁘든 그렇지 않든, 손님이 있든 없든, 나는 언제나 이 자리를 지켜야만 했으니까.

*

여기서 이렇게 행동하는 게 맞나요? 이해가 되나요? 나는 내 연기에 확신이 들지 않을 때마다 그에게 물었다. 그로부터 정확한 피드백을 받고 싶었으나 그는 언제나 똑같이 대답했다. 네, 그럴 수도 있죠. 세상 어딘가에는 그런 사람이 있을 수도 있잖아요. 그 말은 내게 별다른 도움이 되지 않았다. 그런 무책임한 말이 어디 있냐고 되묻고 싶을 때도 있었다.

그는 이 세상에 존재하는 모든 인간을 긍정하려는 듯 보였다. 그는 자신이 이해한 것뿐만 아니라, 이해할 수 없는 것들까지 카메라에 담고자 했다. 최대한 있는 그대로, 되도록 있는 그대로. 좋아요, 괜찮아요, 그럴 수도 있어요, 늘 그렇게 말하면서. 그저 눈앞에 벌어진 상황을 받아들이고, 그 속에서 영화적인 어떤 것을 발견해나가는 것. 그에게는 그게 중요했다. 적어도 내가 보기에는 그랬다.

그의 그런 연출 방식은 너와 잘 맞았다. 너는 수

민을 연기하면서 점점 그가 되어가고 있었다. 다시 말해, 너는 진심으로 '수민'을 살고 있었다. 그건 이해와는 별개의 문제였다. 왜 태어났는지도 모르면서 지금껏 잘 살아온 것처럼, 자기 자신이 누군지도 모르면서도 잘 지내온 것처럼. 도대체 마음이 왜 이럴까, 이해되지 않는 싱숭생숭한 기분으로도 하루를 보낼 수 있는 것처럼. 너는 이해하지 못한 채로도 살 수 있었다, 영화 속에서. 그러나 나는 그럴 수 없었다. 견딜 수 없었다. 아무리 생각해도 사는 것과 연기하는 것은 다르다는 생각을 지워버릴 수 없었다. 무언가 이해하지 못한 채로는 살 수 있어도, 인물을 이해하지 못한 채 그를 연기할 수는 없다고 생각했다.

그럴 수 있죠.
세연이라면 얼마든지 그럴 수 있지요.

내가 연기를 그만두겠다고 했을 때도 그는 그렇게 말했다. 그건 촬영 때와는 전혀 다른 의미였다. 마치 세연을 잘 알고 있다는 듯, 비로소 이해했다는 듯. 나는 왜 그렇게 생각하는지 그에게 묻고 싶었지만 그러지 않았다. 베이커리를 하려고 해요. 나중에 가게를 오픈하면 한번 놀러 오세요. 나는 그저 그렇게 말했다.

*

가게 문을 열면, 입구 쪽에 놓아둔 화분들이 가장 먼저 눈에 들어왔다. 그중에는 윤 감독이 개업을 축하하며 선물해준 것도 있었다. 그것들은 밤사이 시들시들해졌다가, 정오가 되면 다시 빛을 머금고 고개를 바짝 들었다. 그 미세한 변화를 지켜보는 게 좋았다. 오늘은 화분들을 볕이 가장 잘 드는 쪽으로 옮겨두었다. 조금 더 신경 써서 물도 주었다. 오후 중에 윤 감독이 가게에 방문한다고 했고, 나는 그에게 화분이 잘 자라고 있다는 걸 보여주고 싶었다.

오후가 되어 그가 가게에 왔을 때, 나는 가장 먼저 화분을 가리키며 말했다. 감독님, 저기 화분 좀 보세요. 감독님이 선물해주신 거. 잘 자라고 있죠? 오랜만에 만난 윤 감독은 많이 야위어 있었다. 점점 나이 들어간다는 것을 실감할 수 있었는데, 그렇다고 그가 안쓰러워 보였던 건 아니었다. 오히려 세월의 흐름에 따라,

그가 조금씩 변해가는 모습을 볼 수 있어서 좋았다. 드문드문 보이는 새치와 얼굴 구석구석 깊어진 잔주름. 어느새 눈두덩이 살도 사라져, 옅은 쌍꺼풀도 생겼다. 예전에는 없던 것들이었다. 그의 젊었던 모습을 생생히 기억하고 있었다. 부드러운 성격과 달리, 그때는 다소 날카로운 인상을 가지고 있었는데. 시간이 흐른다는 것. 가만히 있어도, 애쓰지 않아도, 매일 무언가 조금씩 변한다는 사실이 신기하게 느껴졌다. 오, 정말 예쁘게 잘 가꿔주셨네요. 그가 말했고 나는 고개를 저었다. 저는 물 주는 것밖에 한 게 없어요. 가끔 들여다보고 관심 주는 정도? 이에 그는 장난스럽게 대꾸했다. 그럼 정말 한 것도 없네요.

오래전에도 이와 비슷한 말을 들은 적이 있었다. 그러니까 윤 감독의 영화가 영화제에서 상을 받았던 날, 술에 취한 촬영감독이 윤 감독에게 했던 말이었다. 솔직히 감독님이 한 게 뭐예요. 시나리오도 안 쓰고, 편집도 손도 대지 않은 거나 마찬가지지. 자칫 기분을 상하게 할 수도 있는 말이었지만, 그때 윤 감독은 호탕하게 웃으며 말했다. 맞아요, 내가 한 게 없지. 컷도 촬영감독이 REC 버튼 눌러서 잘라주었잖아요. 도대체 뭐가 그렇게 웃겼는지는 모르겠으나, 스태프들은 이에 박장대소했다. 그런데 원래 감독은 하는 게 없어요. 그게 바로 감독 나부랭이지. 감독은 그저 어떤 순간을 포착하고 포착한 것을 정리할 뿐이에요. 가만히 있어도 일이 벌어지고, 일이 벌어지면 무언가 변하니까. 이어서 그는 이름도 외우기 어려운 어느 외국 감독에 대해, 세상을 떠난 어느 철학자에 대해, 아직 번역서가 나오지 않은 책에 대해 이야기하기 시작했다. 자신의 말에 근거를 들기 위해서였다.

그때 나는 그가 허세를 부리고 있다고 생각했다. 다들 말은 하지 않았지만, 다른 스태프들도 아마 나와 똑같은 생각했을 것이다. 오직 너만이 그의 말을 경청하며 고개를 끄덕이고 있었다. 그러나 이제는 그때 그가 했던 말을 이해할 수도 있을 것 같았다. 그의 얼굴을 보면서, 그에게 벌어진 작은 변화들을 포착하면서.

*

그간 너에게는 큰 변화가 있었다. 너는 소속사에 들어가게 되었고, 점점 더 많은 작품에 출연하기 시작했다. 너는 가리지 않고 일했고, 점점 관객들에게 친숙한 얼굴이 되어갔다. 독립영화계에서 이름을 알린 많은 배우들이 으레 그러하듯, 너는 상업영화에도 출연하게 되었다. 아이러니하게도, 이후 너의 이름에는 언제나 '독립영화계 스타'라는 수식어가 따라다녔다. 어느 날 갑자기 혜성처럼 등장한 스타가 아니라, 독립영화를 통해 차근차근 연기력을 쌓아온 성실한 배우. 오랜 무명 생활 속에서도 신념을 잃지 않고 한길을 걸어온 배우. 그게 너의 이야기, 즉 대중에 의해 소비되는 너의 이야기였다. 물론, 그 이야기는 어느 정도 사실이었다. 그러나 너의 모든 것을 알려주는 이야기도 아니었다.

어찌되었건, 나는 너와 연락을 하지 않는 동안에도 나는 네가 어떻게 살아가고 있는지 알 수 있었다. 기사나 방송을 통해, 광고와 영화 예고편을 통해. 나는 네가 점점 더 멀게 느껴졌다. 특히 스크린을 통해 네 얼굴을 마주할 때. 네가 카메라 가까이 다가오더라도, 너는 이미 나와 멀어져 있었다. 되돌릴 수 없을 만큼. 꼭 그때 그 일이 아니었더라도, 언젠가는 우리는 멀어졌을 것이다.

*

고등학생 시절을 어떻게 보냈어요? 윤 감독은 매 촬영 전마다 배우들과 대화를 나누는 시간을 가졌다. 대본 리딩을 대신하는 시간이었다. 혹시 기억에 남는 일화가 있는지요. 아니면, 고등학생 때 싫어했던 거나 좋아했던 거. 나는 머리를 굴려, 최대한 자세히 설명해보려고 노력했다. 음, 드라마 보려고 야간자율학습 도망치다가 걸린 적도 있었고요. 집에서 반찬 가져와서 학교에서 비빔밥 비벼 먹었던 게 기억에 남아요. 아, 그리고 수업 시간에 몰래 〈컬투쇼〉 듣던 거. 그게 2시에 하거든요. 점심 먹고 딱 졸릴 시간이라서, 수업 듣기 싫을 때 몰래 듣곤 했는데. 웃음이 나와서 자칫 잘못하면 선생님한테 걸린다고요. 웃음 참기 챌린지예요. 말을 하다 보니 기억나는 일이 꽤 많았다. 아, 학교 앞에 놀이터가 있었는데 거기서 그네 타는 걸 좋아했어요. 저녁 먹고 잠깐 놀이터에 나가면, 그 시간에 항상 놀이터에 오는 애가 있었어요. 우리 학교 교복을 입은 애였는데, 오토바이를 타고 다녔죠. 그 애가 놀이터에 오토바이를 뒀거든요. 그때는 되게 멋있다고 생각했는데 지금 생각하면 그냥 양아치였던 것 같아요.

그때 윤 감독에게 말하진 못했지만, 돌이켜보니 그 시절에는 매일 〈거침없이 하이킥〉를 보는 게 낙이었다. 그 시트콤에는 윤호라는 캐릭터가 있었다. 늘 오토바이를 타고 다니는 고등학생이었다. 아마 그 시절 윤호에게 반하지 않은 고등학생은 없었을 것이다. 그 시트콤에서 윤호는 금기의 사랑을 하고 있었다. 윤호는 담임을 사랑하고 있었고, 담임은 윤호의 삼촌을 사랑하고 있었다. 자신을 가르치는 선생님을 사랑하다니, 그것도 자신보다 훨씬 나이도 많은 데다가 자신의 삼촌을 사랑하고 있는 여자를 말이다. 그게 말이 되나 싶었지만, 그게 어떻게 말이 되냐고 따지는 사람은 없었다. 오히려 사람들은 그 말도 안 되는 이야기에 매료되어 있었다. 나는 친구를 보는 것처럼 텔레비전 속 윤호를 바라보았다. 나는 이룰 수 없는 사랑을 하고 있는 그를, 이룰 수 없는 방식으로 사랑하고 있었다. 그렇게 사랑은 현실과 허구를 경유하면서 복잡하게 엉켜 있었다.

*

우리의 이야기가 이렇게 된 것은 내가 무심코 뱉은 말 한마디 때문이었을지도 모른다. 아니, 그 말 한마디에 대한 너의 반응 때문이었는지도 모른다.

그날 우리는 거리를 걸으며 대화를 나누는 장면을 촬영하고 있었다. 촬영 전 윤 감독과 나눴던 대화 때문이었는지는 몰라도, 불현듯 오토바이를 탄 학생의 이미지가 떠올랐다. 놀이터에서 보았던 그 남자애가 윤호라는 생각이 들었다. 나도 모르게 말이 흘러나왔다. 수민아, 나 사실 좋아하는 사람 생겼어. 그러자 너는 거리에 그대로 멈춰버렸다. 나는 고개를 돌려 너를 보았다. 너는 나를 바라보고 있었다.

너의 얼굴

너의 표정

눈빛

오묘하네요. 그 장면을 본 윤 감독이 말했다. 그날 촬영이 끝난 후, 나는 네가 평소와 다르다는 것을 느낄 수 있었다. 특히, 나를 대하는 태도가. 나는 무언가 잘못을 한 것만 같아 집으로 오는 길 내내 발걸음이 무거웠다. 내가 골몰했던 것. 나는 네가 내게 그런 표정을 지어 보인 이유를 알고 싶었다. 너의 마음을 알고 싶었다. 너의 생각을 읽고 싶었다. 그리고 그런 생각을 하다 보면, 내가 너에 대해 생각하고 있는 것인지 수민에 대해 생각하고 있는 것인지 알 수 없게 되어버렸다.

*

저녁에는 교복을 입은 학생 둘이 마카롱 한 상자를 주문했다. 내가 그것을 포장하는 동안, 자기들끼리 어찌나 조잘조잘 떠드는지. 별 이야기는 아니었고, 최근에 즐겨 보는 연애 프로그램과 그 프로그램에 출연하는 최애 출연자에 대한 이야기였다. 나는 그들의 이야기를 듣다가, 포장한 마카롱을 내놓으며 말했다. 별다른 의도는 없었다. 그거 재미있어요? 네, 완전 재미있어요. 언니도 꼭 보세요. 그거 다 짜고 하는 거 아니에요? 아니요. 그거 다 진짜예요. 아, 리얼버라이어티? 그 말을 내뱉고는 왠지 모르게 옛날 사람이 된 것 같은 기분이 들었다. 네, 완전 리얼이에요. 아마 나는 '리얼버라이어티'라는 말을 〈무한도전〉을 통해 처음 알게 되었던 것 같다. 그때는 누구나 〈무한도전〉을 보았다. 그리고 그 시절에 또 뭐가 있었더라. 내가 생각하는 찰나, 그들은 문을 열고 나갔다. 양손에 마카롱을 가득 들고서. 창문 밖으로. 그들은 해맑게 웃으며 어디론가 뛰어가고 있었다. 나는 고등학생 때 마카롱을 먹어본 적이 있었나, 하는 생각이 스쳐 지나갔는데.

당시는 〈내 이름은 김삼순〉이라는 드라마가 인기를 끌던 때였다. 서른 살 삼순이의 사랑 이야기, 어렸던 우리가 어째서 그런 이야기에 매료되어 울고 웃게 되었는지는 잘 모르겠다. 어쨌거나 야간자율학습 시간과 방영 시간이 겹쳤던 탓으로, 드라마를 보기 위해서는 어떻게 해서든 학교를 도망쳐 나와야 했다. 그리고 우리는 기꺼이 그 일을 감행했다.

드라마는 많은 것을 바꿔놓았다. 누군가의 미래까지도. 주인공 삼순이의 직업이 파티시에였고, 그 영향으로 파티시에를 꿈꾸게 된 친구들도 있었다. 우스갯소리가 아니라 실제로 그러했다. 마카롱이나 다쿠아즈, 마들렌, 휘낭시에, 시폰케이크. 당시 내게는 모두 생소

한 이름들이었다. 나 또한 그 드라마를 통해 디저트에 관심을 가지게 되었다. 배우를 꿈꾸면서도, 나이 들어서는 베이커리를 운영하고 싶다는 생각을 하게 되었다. 그리고 결국 이렇게 베이커리를 차리게 되었으니, 그 꿈은 어느 정도 이루어진 셈이었다.

*

윤 감독은 내게 물었다. 그때가 몇 살이었죠? 스물세 살이요. 그때 내가 서른이었는데 언제 이렇게 시간이 흘렀는지. 영화를 준비하다 보면 몇 년은 그냥 훅 지나가버린다니까. 준비하다가 엎어지고, 잘될 것 같다가도 엎어지고, 투자 못 받아서 엎어지고, 싸워서 엎어지고. 그런 걸 생각하면 예전이 그립기도 해요. 투자받는 거 신경 안 쓰고 찍었을 때. 극영화가 아니더라도, 카메라 들고 나가서 뭐라도 찍으면 되니까. 그가 내게 그렇게 긴 푸념을 늘어놓은 건 처음이었다. 감독님은 스물세 살 때 어땠어요? 독일 가기 전이니까, 아마 유학 준비하고 있었겠죠. 독일에서는 어땠어요? 설레고, 처음에는 다 신기했지요. 식당에서 밥 먹는 것조차도. 그는 잠시 생각에 잠겨 있다가, 문득 무언가 생각난 듯 피식 웃었다. 아, 학교가 정말 재미있었어요. 연기도 배워야 했어요. 게르하르트라는 교수가 있었거든. 연기 수업인데, 거의 수업 절반은 역사 공부만 해. 히스토리, 그러니까 독일에서 지금껏 어떤 이야기가 있었는지. 학생들 머릿속에 어떤 이야기가 자리 잡으면, 그제야 연기를 시켰어요. 근데 웃긴 게 역할도 없어. 그냥 장소와 대략적인 상황만 정해주고 스튜디오에서 무작정 연기를 시켰어요. 그럼 그 안에서 각자 역할을 만들어가는, 뭐 그런 수업이었어요. 아우슈비츠 수용소나 인종차별이 벌어지는 길거리, 팔멘 가르텐이나 젠켄베르크 자연사 박물관이 배경이 되기도 했죠. 그의 이야기를 듣자, 과거에 그가 왜 그런 영화를 만들고자 했는지 조금이나마 이해할 수 있을 것 같았다. 감독님, 그런 이야기를 왜 이제야 해주시는 거예요. 진작 알았다면 촬영 내내 이해가 안 된다고 구시렁거리지 않았을 텐데. 그는 그저 내 말을 듣고 웃었다. 아, 맞다. 내가 독일에서 좋아했던 애가 있었어. 루카스라고. 마르고 좀 너드 같은 애였는데, 귀여워서 좋아했지. 근데 한번은 수업 때 내가 걔한테 사랑한다고 했다? 연기를 가장해서 던져본 거지. 무슨 생각으로 그랬는지 몰라요. 근데 걔가 자기도 사랑한다면서 나를 안아주는 거야. 그때 진짜 기분이 묘하더라고요. 참 좋았는데. 결국에는 다 지나가. 좋은 것도 나쁜 것도. 어쨌든 그때 그 수업을 들은 이후로, 영화에 대한 생각이나 태도가 많이 달라졌던 것 같아요. 감독이라고 해서, 작가라고 해서 작품에 나오는 모든 인물을 이해하는 건 아니구나. 그 전까지 나는 감독이 모든 걸 알고 있어야 한다고 생각했어요. 그가 말하는 내내, 나는 그의 얼굴에서 눈을 떼지 않았다. 그런데 감독님, 말 끊어서 정말 죄송한데. 주름 말이에요. 정말 멋져요. 외적인 부분, 특히 다른 사람의 얼굴에 대해 말하는 것은 자칫 실례가 되는 일일 수도 있었지만, 이상하게도 그 순간 나는 그 말은 꼭 하고 싶었다. 저도 마흔쯤에는 그런 주름을 가지고 싶어요.

윤 감독은 오랫동안 가게에 머물렀다. 그가 떠날 때쯤에는 갑자기 폭우가 내리기 시작했고, 나는 그에게 가게에 남은 우산 하나를 챙겨주었다. 그가 문을 열자 빗소리가 크게 들렸다. 그는 우산을 펼치고는 뒤를 돌아보았다. 그리고 나를 불렀다.

세연 씨.

빗소리 때문에 잘 들리지 않았지만, 그건 분명 나를 부르는 소리였다. 그가 나를 그렇게 부른 건 오랜만이었다. 그럼 우리 조만간 또 봐요. 나는 고개를 끄덕였다. 창문 밖으로, 그가 폭우 속을 걸어가는 모습이 희미하게 보였다. 문득 내가 세연이 된 느낌이 들었는데, 그건 내가 세연을 비로소 이해했기 때문이 아니었다. 마치 내가 세연이라는 듯, 그 이름에 반응했기 때문이었다.

이제 나는 서른세 살이 되었다.
올해 세연은 스물아홉이 되었을 것이다.

*

영화는 너의 얼굴로 끝났다. 훗날, 윤 감독은 인터뷰에서 마지막 컷이 클로즈업이 될 것을 예감했다고 말했다. 한편 나는 영화가 여기서 이대로 끝나도 되는 건가 싶었다. 그러니까 수민이 세연을 사랑하게 되었다는 걸 확신하게 된 순간 말이다. 이제 막 자리에서 일어

나는 세연의 팔목을 수민이 세게 잡는 것으로, 수민이 세연을 애틋하게 바라보는 것으로, 영화가 끝나도 되는 건지. 나는 둘 사이에 이야기가 더 남아 있다고 생각했다. 수민이 세연을 사랑하게 되었다는 것. 몇 달간의 촬영을 통해 우리가 진전시킨 이야기는 그게 전부였다. 정말로 고작 그게 다였다. 세연은 이에 어떤 반응을 보였는지, 세연도 수민을 사랑하게 되었는지, 그런 건 영화에 담겨 있지 않았다.

스크린에는 오직 수민의 얼굴뿐이었다.
너의 얼굴뿐이었다.

*

끝내 내가 알게 되었던 건, 너의 마음이 아니라 내 마음이었다. 그건 어쩌면 세연의 마음이었을지도 모르겠지만. 내가 계속 너를 신경 쓰고 있었다는 것, 지나치도록 네 마음을 궁금해했다는 것만큼은 명백한 사실이었다. 그 사실을 통해 나는 알게 되었다. 네가 내 손목을 세게 잡았을 때, 네가 나를 애틋하게 바라보았을 때. 그러니까 마지막 촬영이 되어서야 어떤 이야기가 시작되었다는 것을 말이다.

*

영화제 술자리가 끝나고 숙소로 돌아가는 길이었다. 이제 촬영도 상영도 모두 끝났으니, 비로소 우리의 긴 여정이 끝났다는 생각이 들었다. 오늘이 지나면 한동안 너를 볼 수 없을 것이다. 그렇게 될 것이 분명했다. 나는 분명히 해두고 싶었다. 그래서 너를 불렀다. 손목을 잡았다. 누가 먼저라고 할 것도 없이 우리는 서로를 끌어안았다. 술 냄새가 많이 났고, 그건 나도 마찬가지였을 것이다. 나는 너에게 사랑한다고 말했다. 너 또한 내게 그렇게 말해줄 것이라고, 나는 확신하고 있었다. 나는 너에게 그 세 음절을 정확히 듣고 싶었다. 그러나 너는 아무런 말도 하지 않았다. 잠시 후, 너는 나를 감싸고 있던 팔을 풀며 말했다. 이제 그만 가자고, 술을 너무 많이 마셨다고. 그리고 먼저 발걸음을 옮기며 홀연히 내 시야를 떠나버렸다.

다음 날 너는 아무렇지 않게 나를 대했다. 우리가 원래 그랬던 것처럼, 편한 친구처럼. 마치 우리에게 아무런 일도 없었다는 듯. 너는 금세 영화를 잊었다. 수민을 잊었다. 적어도 내 눈에는 그래 보였다. 나만 바보가 되어버린 것 같았다. 나는 내게 남은 이 감정을 어떻게 처리해야 하는지 알 수 없었다. 나는 내게 남은 이 이야기를 혼자서 끝낼 수 없었다. 그리고 이 이야기를 끝내기 위해서는 수많은 변명이 필요하다는 걸 알게 되었다.

*

너는 어느 잡지 인터뷰에서 이렇게 말한 적이

있었다. 감독의 생각과 의도를 정확히 파악하는 배우가 되려고 노력한다고. 그래서 작품 분석을 꼼꼼하게 할 수밖에 없다고. 너는 지적인 배우가 되는 것이 꿈이라고 했다. 그리고 어느 방송프로그램에서는 무례한 질문을 받기도 했다. 지금껏 함께 호흡을 맞췄던 배우들이 다 잘생겼어요. 누가 제일 잘생겼나요? 찍으며 마음이 흔들렸던 적이 있나요? 너는 난처한 기색도 없이 웃으며 답했다. 솔직히 아니라고 하면 거짓말이겠죠? 매번 마음이 흔들리죠. 촬영할 때만큼은 진심이 되어서요. 그렇다면 그 말은 진심이었을까.

한 평론가는 윤 감독의 영화를 두고 '사랑을 깨닫는 미묘한 순간을 예리하게 포착한 영화'라고 극찬했다. 나는 그가 이 영화를 완전히 오해한 것이라고 생각했다. 수민은 세연을 사랑하지 않았으니까, 너는 나를 사랑한 적이 없었으니까. 그러므로 사랑을 깨닫는 순간 같은 건, 카메라에 포착될 수 없었다. 나는 그 진실을 알고 있었다.

*

끝내 시사회에 가지 못했다. 차마 갈 수 없었다. 끝내 너를 직접 마주할 용기가 나지 않았다. 별다른 일이 벌어지지 않더라도, 너를 직접 마주하는 것 자체가 내게는 사건이었다. 나는 사건을 감당할 자신이 없었다. 윤 감독에게는 몸이 좋지 않아 시사회에 가기 힘들 것 같다고 거짓말을 했다.

개봉한 지 한참이 지나서야, 나는 극장으로 향할 수 있었다. 극장에서 막을 내릴 때쯤이었기에 상영관에는 사람이 거의 없었다. 몇 명의 사람들 사이에서 나는 영화를 봤다. 너를 보았다. 너는 영화 속에서 대학생이었다. 너는 이제 삼십대가 되었지만, 그럼에도 불구하고 너는 대학생이었다. 스크린 속에서는 그럴 수 있었다. 너는 여전히 그 속에 있구나. 나는 어둠 속에서 빛나는 스크린을 바라보았다. 너를 보았다. 이제 나는 스크린 밖에 있는 사람이었다. 그러므로 이제 나는 더 이상 다른 누군가가 될 수 없었다. 다른 누군가로는 살 수 없었다. 이제 내게 남은 것은 오직 나로 사는 일뿐인 듯했다.

*

우리가 스크린 속에 있을 때, 우리는 얼마든지 다른 사람이 되어볼 수 있었다. 다른 시간을 살 수 있었다. 나는 스물세 살에 열아홉 살이 되어보았다. 세연을 살아보았다. 그러므로 세연은 내게 열아홉 살을 두 번 살게 해준 인물이었다. 나는 그를 통해, 내가 살아보지 못한 삶을 살 수 있었다. 해보지 못했던 것들을 할 수 있었다. 무단결석, 자퇴, 여행 그리고 이룰 수 없는 사랑.

그렇게 나는 스물세 살에 세연이 되어보았는데 세연은 스물세 살에 무엇이 되었을까. 내가 베이커리를 차리겠다고 했을 때, 윤 감독은 세연이라면 얼마든지 그럴 수 있다고 말했다. 당시에는 왜 그렇게 생각하느냐고 묻진 않았지만. 훗날 가게를 방문했을 때, 그는 세연에 대해 이렇게 말했다. 세연은 오래 망설이지만 그래도 확신이 생기면 결국에는 실행하는 사람이잖아요. 그래서 자퇴도 하고 여행도 떠날 수 있었던 거예요. 상황이 벌어지면 피하지 않아요. 그런 점이 좋았어요. 그게 윤 감독이 영화를 찍는 동안 세연에 대해 알게 된 것이라고 했다. 지금껏 저도 몰랐던 사실이네요. 그의 말을 듣고 보니 정말로 세연은 그런 것 같았다. 그렇다면 내가 연기를 그만두었던 것처럼, 세연도 서른 살에 무언가를 그만두게 되었을까. 영화를 보고 집으로 돌아오는 길에 나는 영화 이후의 삶을 그려보았다.

*

오늘도 나는 내 자리를 지켰다. 가게가 바쁘든 그렇지 않든, 손님이 있든 없든, 늘 그렇듯 지루한 오후를 견디면서. 여느 때와 마찬가지로 창문 밖으로는 자동차가 지나가고 사람들이 지나갔다. 아무런 일도 벌어질 것 같지 않았지만, 나는 그 속에서 미세한 변화를 찾으려고 노력했다. 계절이나 날씨의 변화, 아는 이의 등장 같은 것. 그러다가 이따금 새로운 사실을 발견하기도 했다. 지난번 마카롱을 사 갔던 학생들은 수요일과 목요일 저녁마다 이 앞을 지나쳐 간다는 것. 매일 아침에는 리어카를 끈 할머니가 지나쳐 간다는 것. 가게 쇼윈도에 진열된 디저트를 바라보다가 매번 그냥 가버리는 여자는 주말마다 이곳에 나타난다는 것. 매일 오후에는 주인과 산책을 나온 몰티즈가 우리 가게에 관심을 가지고 있다는 것. 매번 가게 문 앞에서 코를 킁킁거린다는 것.

나는 창밖을 바라보다가 자리에서 일어섰다. 화분에 물을 줄 때가 되었기 때문이었다. 나는 분무기를 들고 입구 쪽으로 다가갔다. 창문을 통해 가게 안으로 빛이 들어오고 있었고, 화분들은 빛이 오는 쪽으로 고개를 바짝 세우고 있었다. 나는 몸을 숙인 채, 화분에 물을 주었다. 듬뿍, 흙이 모두 젖을 때까지. 그리고 다시 고개를 들었을 때, 누군가 서 있었다.

너의 얼굴이다.

창밖에는 오직 너의 얼굴뿐이다.

눈부신 빛과 함께, 너는 안으로 들어온다. 너는 미소를 지어 보인다. 너를 다시 만나면 어떤 표정을 지어야 할지, 무슨 말로 대화를 시작하면 좋을지, 나는 미처 준비하지 못했지만. 그 순간 나도 모르게 입술이 떨어진다. 나는,

그렇게 시작한다. 그렇게 다시 시작하면 됐다.

* 윤 감독의 인터뷰 내용은 미야케 쇼 감독의 <너의 새는 노래할 수 있어>에 대한 인터뷰(『FILO』 14, 2020)를 참고했습니다.

이미 기록된 미래

□

혼자가 되지 않는 유일한 방법은 내가 없는 것이다. 오직 내가 없는 것이다.

□

모두가 나를 떠나도 나만은 나를 떠나지 않았다. 나는 지겹도록 내 곁에 남았다. 필연적으로 그렇게 되었는데, 나는 이 사실을 네가 떠난 후에야 겨우 알게 되었다. 이전에도 이미 많은 사람들이 나를 떠났지만, 그때는 이상하게도 그들이 나를 떠났다고 생각하지 못했다. 나도 누군가를 떠난 적이 있었고, 그건 너무나 자연스러운 일이었으니까. 나는 언제든 떠날 수 있었고, 떠나보낼 수도 있었다. 떠나거나, 떠나보내고. 반복. 반복하면서도 내가 혼자라고 느끼지 못했던 건, 네가 항상 내 곁에 있었기 때문일 것이다.

□

날이 추워진 탓인지, 요즘은 도통 잠에서 깨어나기가 힘들었다. 아침에 눈을 뜨고도 한참 동안 침대를 벗어나지 못했다. 다시 잠들고 싶은 마음뿐이었다. 다시 눈을 감으면, 이대로 영원히 잠들 수 있을 것 같았다. 누워 있는 자세는 사람을 점점 무기력하게 만든다. 아무것도 할 수 없게 만든다.

□

자다 깨어나, 내 옆에 곤히 잠든 너를 본 적이 있었다. 얼핏, 죽은 것 같아 보였다. 너는 잠든 네 모습을 본 적이 없을 것이다. 나는 너의 코끝에 손가락을 가져다 댔다. 손가락 끝에 너의 숨이 닿았다. 어째서 사람은 살아 있는 동안 자신이 잠든 모습을 볼 수 없는 걸까.

잠든 모습은 유일하게 볼 수 없는 자신의 모습이었다.

□

이대로는 안 되겠다는 생각이 들었다. 이제는 하루를 시작하는 게 좋을 것 같았다. 그래도 뭔가 해보려고 애쓰는 게 좋을 것 같았다. 침대 위치를 바꿔볼까. 해가 뜨면 눈이 떠질 수 있도록, 햇살이 잘 드는 쪽으로.

□

두 손으로 힘껏 매트리스를 들었다. 먼지 쌓인 바닥이 보였다. 그 가운데 양말 한 짝과 볼펜이 있었다. 그리고 노란색 롤필름 하나. Kodak 400. 언젠가 너의 손에 쥐어져 있었던 것. 그러니까 너도 모르는 사이 네가 남기고 간 것이었다. 네가 아날로그 카메라로 주변 곳곳을 찍던 일을 기억한다. 너는 종종 필름을 현상하기 위해 을지로에 갔다. 너는 멀리까지 가야만 했다.

□

집을 나섰다. 날이 추웠고, 날이 추워서 코트 주머니에 손을 넣었다. 작은 롤필름이 만져졌고, 나는 그

것을 만지작거리며 버스를 기다렸다. 기다리고 또 기다렸다. 기다리는 건 좋은 일이라고, 너는 오래전 내게 말한 적이 있었다. 기다리다 보면 반복적으로 생각하게 되고, 반복적으로 생각하게 되면 단기기억은 장기기억이 되니까. 너는 필름이 현상되길 기다리는 일이 즐겁다고 했다. 기다리는 내내 뷰파인더로 봤던 이미지들을 몇 번이고 곱씹게 된다고, 그러다 보면 더 선명하게 기억하게 된다고. 나는 네가 했던 말들을 몇 번이고 곱씹으며, 버스를 기다리고 있었다.

□

버스 정거장에서 젊은 여자와 어린아이는 손을 잡은 채 이야기를 나눈다. 여자는 아이에게 저번에 먹었던 와플을 또 먹을 것이냐고 묻는다. 아이는 생크림 말고 아이스크림을 올려서 먹고 싶다고 말한다. 이야기를 더 들어보니 둘은 버스를 타고 백화점에 가려는 모양이다. 아이는 여자를 쏙 빼닮았다. 아이가 자라면 저 모습이 될까. 여자는 어린 시절에 저 아이와 같은 모습이었을까.

□

사랑하는 사람이 생기면, 나는 그의 어린 시절이 궁금해졌다. 나를 만나기 전의 모습을, 그러니까 우리가 만나게 될 것이란 걸 전혀 모르고 살았던 때의 모습을 보고 싶었다. 미끄럼틀 위에 앉아 있는 모습, 카메라를 향해 브이를 하는 모습, 부모 품에 안겨 있는 모습, 우는 모습, 침대 위를 뒹구는 모습. 내 어린 시절의 모습이 담긴 사진들. 나는 지금껏 내가 사랑했던 사람들에게 내 사진을 보여줬고, 그들 중 몇몇은 자신의 사진을 내게 보여주기도 했다. 너는 그런 적이 없었지만, 나는 사진 없이도 너의 어린 시절을 기억할 수 있었다.

□

너는 작았고, 너는 너만큼 작은 몰티즈를 데리고 다녔다. 그 개의 이름은 몽이였다. 우리는 어렸고, 매일 몽이와 함께 뛰어다녔다. 온종일 동네를 뛰다 보면 둘 중 하나는 반드시 넘어졌는데, 그럴 때마다 무릎이 까지곤 했다. 반바지 아래로 드러난 무릎. 너의 무릎에는 반창고가 붙어 있었고, 너는 때때로 반창고를 조금 떼어 상처를 내게 보여주기도 했다. 이거 봐. 나도 있어.

우리는 서로에게 상처를 보여주었다. 상처가 위에 피딱지가 생기면 우리는 그것을 손가락으로 긁어 떼어냈다. 아팠고, 아팠지만 떼어냈고. 딱지를 떼어내다가 종종 눈이 마주치기도 했는데, 그때마다 우리는 서로의 얼굴을 보고 괜히 배시시 웃고는 했다. 너랑 노는 게 좋았다. 네가 좋았다.

□

네가 가장 좋아하는 사진작가는 1894년에 헝가리에서 태어나 1912년 처음으로 사진을 찍었다. 그가 열여덟 살 때 처음으로 산 카메라로 찍은 사진, 그러니까 그의 첫 작품은 부다페스트의 한 가게에서 낮잠을 자는 소년을 찍은 것이었다. 손으로 턱을 괴고 잠든 소년의 모습. 어째서 그는 그 소년을 찍었는지, 어째서 그 소년은 그 시간에 그곳에 있었으며, 왜 그곳에서 잠을 자고 있었는지, 그건 누구도 알 수 없는 일이었지만. 어쨌든 그는 그날 한 소년을 찍었다. 그 사실만이 분명했고, 그 사실은 너와 아무런 관련이 없었지만, 너는 그가 처음으로 사진을 찍었던 그해를 특별하게 여겼다. 20세기를 대표하는 사진작가들은 모두 그로부터 영향을 받았어. 그들이 했던 건 모두 그가 처음으로 했던 거야. 그러니까 그가 없었다면, 그가 사진을 찍지 않았다면, 아무것도 시작되지 않았을 거야. 그는 모든 시작의 시작이야. 너는 내 눈을 똑바로 바라보며 그렇게 말한 적이 있었다. 그렇게 말할 때의 너의 눈빛이 얼마나 반짝거렸는지 너는 모를 것이다.

□

그 무렵 꿈을 자주 꿨다. 비가 오는 꿈을, 그러니까 비가 오는 날 누군가와 함께 우산을 쓰고 걷는 꿈을 꿨다. 누군가 몇 번이고 내 꿈에 나왔지만, 나는 그가 누구인지 정확히 알 수 없었다. 누군지 알 수 없는 사람들은 종종 꿈에 나왔다. 그런 사람들은 얼마든지 꿈에 나올 수 있었고, 그건 흔한 일이었지만, 누구인지 모르는 사람이 반복적으로 꿈에 나오는 건 흔하지 않은 일이었다. 반복은 일종의 신호인 것 같았다. 미래에 대한 암시. 예지몽일까. 반복은 내게 어떤 의미를 만들어냈다. 운명적인 사랑에 빠질 것만 같은 예감이 들었다. 집중하면 누구나 자각몽을 꿀 수 있대. 내가 내 꿈에 대해 이야기했을 때, 너는 내게 자각몽이라는 게 있다고 알려주었다. 다음에 꿈속에서 또 그 사람을 만나면, 얼굴을 보는 거야.

□

을지로에 가면 망우삼림이라는 사진관이 있다고 했다. 나는 그곳에 가본 적 없었지만, 그곳이 어떤 곳인지 알고 있었다. 말로만 듣던 그곳을 이제야 가는 중이었다. 버스. 마포대교에 진입하면 좌우로 펼쳐진 한강. 여의도 한강공원. 산책하는 사람들. 밤섬과 보트를 타는 사람들. 푸른 하늘. 표지판. 시청을 가리키는 화살표. 바라보면서, 가본 적 없었던 곳으로 가고 있는 중이었다. 너의 시선을 따라가는 중이었다. 너도 필름을 현상하러 가는 길에 이곳을 지나쳤을까.

□

너와 한강을 걸을 때, 나는 나보다 조금 앞서 걷는 너를, 그러니까 너의 뒷모습을 찍으려고 했던 적이 있었다. 너는 그 사실을 영원히 모를 것이다. 나는 너를 향해 휴대폰을 들었고, 이내 휴대폰 화면을 통해 너의 뒷모습을 볼 수 있었다. 픽셀로 재구성된 네가, 내 눈

앞에. 너는 실시간으로 재구성되고 있었다. 너의 뒷모습과 화면 속 너의 뒷모습. 너의 뒷모습들. 번갈아 봤다. 마치 네가 둘이 된 듯. 두 명의 네가, 내 눈앞에. 네가 뒤를 돌아볼 때 나는 급히 휴대폰 화면을 껐다. 화면이 꺼짐과 동시에 너는 사라지고, 사라져버리고, 영영 사라져버렸다. 나는 하나의 너를 잃었다. 이후에도 너는 휴대폰 화면 속에 수시로 나타났다가, 사라지기를 반복했고. 마치 사라짐을 연습하듯 반복되었다.

□

혼자가 되지 않는 유일한 방법은 내가 없는 것이다. 나만 없었다면, 나는 외롭지 않았을 것이다. 슬프지 않았을 것이다. 그러므로 나는 없어야 했다. 내가 없기 위해서, 나는 없어야 했다. 애초에 태어나지 않았다면 가능했을 일이었다. 이미 태어났다면, 그건 어쩔 수 없는 일이었다. 언젠가 또 다른 누군가를 만나 다시 사랑하게 되어도 나는 다시 혼자가 될 것이다. 계속, 끊임없이. 내가 살아 있는 한, 그 일은 반복될 것이다. 살아 있는 한, 그 일은 반복된다고. 잠이 오는 것도 아니고 오지 않는 것도 아닐 때, 나는 생각했다. 가만히 누워, 생각했다. 어쩐지 오늘은 생각하는 일 외에는 아무것도 할 수가 없다고. 지쳐서. 몸이 무언가에 짓눌린 듯 무겁고. 무기력하고. 도무지 몸을 일으킬 수가 없다고. 내 몸이 사라지기 전까지, 반복될 것이다.

□

또다시 꿈속에서 그를 만났다. 비가 내리지 않는 날이었음에도 그는 여느 때와 같이 내게 우산을 씌워주었다. 고개를 돌려 그를 보려고 했으나 목이 뻐근해서 쉽게 고개를 돌릴 수 없었다. 생각처럼, 마음처럼, 고개가 돌아가지 않았다. 간신히 고개를 돌렸을 때, 우산 손잡이를 꽉 쥔 그의 손이 보였다. 뭉툭한 손. 더 이상 고개를 돌리지 못한 채, 그의 얼굴을 보지 못한 채, 나는 잠에서 깨어났다. 그날 이후, 나는 두 번 다시 그를 만나지 못했는데 그건 아무래도 내 탓인 것 같았다. 그를 보려고 한 탓인 것 같았다.

□

내 탓이야. 너는 우리 집까지 찾아와 울먹이며 내게 말한 적 있었다. 아무래도 몽이가 돼지 뼈를 잘못

삼킨 것 같아. 그래서 어떻게 되었는데? 죽었어. 그러면 어떻게 되는 건데? 죽었다니까. 나는 몇 번이고 다시 물었지만, 죽으면 어떻게 되는지 알 수 없었다. 엄마가 산에 묻었어. 무덤처럼 동그랗게? 아니 평평해, 평평한 무덤이야. 너는 말을 하면서도 울음을 멈추지 않았다. 울다가, 울다가, 옷소매로 눈물을 훔치고 다시 울었다. 나는 너를 와락 껴안았다. 울었다. 네가 우니까 나도 울게 되었다. 몽이가 보고 싶어. 나는 그게 무슨 말인지 알고 있었다. 우리는 모종삽을 들고 산으로 향했다.

□

버스 창밖으로. 사람들. 문화역서울284로 데이트를 온 연인. 흡연 구역에 모여 담배를 피우는 직장인들. 찌푸린 얼굴들. 서울역을 지나치고, 코너를 돌아, 보이는 길. 시속 50킬로미터 이하로 달리는 자동차들. 숭례문을 지나쳐, 계속. 한국은행 화폐 박물관와 우표 박물관을 지나쳐, 계속, 계속. 사람들로 붐비는 명동 거리. 사람들 손에는 쇼핑백 하나둘씩. 지하쇼핑센터 앞 줄지어 서 있는 택시들. 롯데백화점과 높은 빌딩들. 빌딩과 빌딩과 빌딩. 언젠가 너와 함께 목적 없이 걸었던 거리.

바라보면서, 가본 적 없었던 곳으로 가고 있는 중이었다. 너도 필름을 현상하러 가는 길에 이런 풍경들을 지나쳤을까, 하고 나는 생각했다. 이게 내가 너를 이해하는 방식이었다.

□

버스에서 내려 길을 따라갔다. 언젠가 네가 걸었을 법한 길이었다. 언젠가 네가 지나쳤을 가게를 지나쳤고, 언젠가 네가 기다렸을 신호를 기다렸다. 언젠가 네가 봤을 법한 간판도 있었다. 을지로입구역. 도기 타일. 세라믹. 조명. 인테리어. 아크릴. 철물점. 종합상사. 언젠가 네가 봤을 사거리. 자동차들. 언젠가 네가 들었을 자동차 경적 소리와 오토바이 지나가는 소리. 언젠가 네가 바라보았을 빌딩. 빌딩 유리창에 비친 하늘. 점심을 먹고, 회사로 돌아가는 사람들. 삼삼오오. 언젠가 네가 보았을 오후. 언젠가 네가 돌았을 코너를 돌았다.

□

모든 것은 정보 값이 될 것이다. 그렇게 사라질 것이다. 찍으면 찍을수록, 만질 수 없게 되어버리는 방식으로. 소중히 간직하려 할수록, 사라지는 방식으로. 만질 수 있었던 상은 더 이상 만질 수 없는 상태가 되어버렸다. 다 타고 남은 재처럼 정보 값만 남긴 채로. 진눈깨비가 재처럼 날렸다. 손이 시려서 주머니 속에 손을 넣었다. 필름이 만져졌다. 그것은 작고 단단했다. 아직 무언가 손에 쥘 수 있음이, 그 촉감을 느낄 수 있음이 위로가 되었다.

□

사진관 문을 열었다. 교복을 입은 학생과 눈이 마주쳤다. 학생은 의자에 앉아 있었는데, 나와 눈이 마주친 후에 바로 시선을 다른 곳으로 옮겼다. 나는 입구 쪽에 서서 주변을 둘러보았다. 아무래도 사장님이 잠깐 어디 가신 것 같아 조금 기다려보기로 했다. 그사이, 의자에 앉은 학생은 가방에서 롤필름을 꺼냈고, 롤필름을 돌려가며 상태를 확인하더니, 수동 필름 카메라의 뚜껑을 열었다. 카메라 안에서 롤필름을 꺼냈고, 새로운 롤필름을 넣었다. 나는 너의 고등학생 시절 모습을 기억하고 있다. 대학생 시절의 모습도, 물론 그 이후의 모습까지도.

□

네가 만났던 사람들은 하나같이 제멋대로인 사람들이었다. 고등학생 때 독서실에서 만났던 그 애도 그랬고, 대학생 때 친구 소개로 만났던 그 애도 그랬다. 개를 키웠던 그 사람도 그랬다. 나는 그들을 만난 적 없이도 그들을 미워할 수 있었다. 왜냐면 네가 그들 때문에 울었으니까. 행복하지 않았으니까. 제멋대로인 사람을 사랑하느라 마음 아파하기에는 네 삶은 너무도 소중하다고, 나는 늘 말하고 싶었다.

□

언젠가 우리는 아침부터 카페에서 커피를 마시며 수다를 떨었던 적이 있었는데, 그날은 아마 함께 조조영화를 보려고 시도했다가 실패한 날이었을 것이다. 둘 중 한 명은 무조건 늦을 거라고 예상했지만, 우리는 둘 다 늦잠을 자버렸고, 허겁지겁 약속 장소로 나오긴 했지만, 이미 영화 상영시간이 지나 있어서 어쩔 수 없었던 날. 그날 우리는 이왕 이렇게 만난 거 같이 모닝커피나 한잔하자고 카페에 갔던 것 같다. 졸음이 쏟아져 그러기로 했던 것 같다. 무슨 대화를 나눴는지 정확히 기억나진 않지만, 꽤나 즐거웠던 기억. 따뜻한 커피를 마시면서 이런저런 이야기를 나누다 보니 실내가 덥게 느껴져 외투를 벗었던 기억.

□

카페 유리창으로 햇살이 가득 들어올 때, 그러니까 햇살이 눈부셔 내가 의자를 반쯤 돌려 앉았을 때, 너는 내게 말했다. 잠깐만, 가만히 있어봐. 필름 딱 한 장 남았는데. 너는 가방에서 카메라를 꺼냈다. 나를 향해 카메라를 들었고, 나는 카메라 렌즈를 바라보았다. 신중하게, 셔터가 눌렸다. 그리고 너는 웃으며 내게 말했다. 아, 이 귀중한 마지막 컷을 너에게 쓰다니.

□

너는 그 자리에서 바로 롤필름을 교체했고, 나는 그 모습을 지켜봤다. 영화 보러 나오면서 왜 무겁게 카메라를 들고 나오냐. 그러니까 늦지. 나는 카메라 뚜껑이 열리는 걸 지켜보며 말했고, 너는 카메라에서 롤필름을 꺼내며 답했다. 언제 갑자기 중요한 순간이 올지 모르니까. 너는 롤필름을 테이블 위에 올려놓았는데 그 짧은 순간 나는 보았다. 너의 손. 너는 카메라에 새 필름을 넣고, 필름을 감고, 카메라 문을 닫고, 레버를 돌렸다. 레버를 돌리는 손, 뭉툭한 손. 꿈속에서 우산 손잡이를 꽉 잡고 있던 손이었다.

□

여기야. 너는 손가락으로 땅을 가리켰고, 그 부분만 흙이 젖어 있었다. 누가 오줌을 싼 것만 같았다. 우리는 쪼그려 앉아 모종삽으로 땅을 파기 시작했다. 삽으로 흙을 몇 번 퍼낸 후에는 손으로 파기 시작했다. 손톱에 흙이 끼고 손끝이 아려올 때까지 팠고, 파냈고, 얼마 지나지 않아 아리던 손끝에 부드러운 털이 닿았다. 새하얀 몽이, 너의 몽이, 몽이가 조금씩 모습을 드러내기 시작했다. 나타나기 시작했다. 우리는 더 열심히 흙을 파헤쳐, 땅속에서 그 몽이를 꺼냈다. 너는 품 안에 몽이를 안으며 말했다. 자고 있어. 너는 조심스럽게 몽이의 털에 묻은 흙을 털어냈고, 몽이에게 뺨을 가져다 대기도 했다. 나도 몽이를 품에 안아보고 싶었다. 나도 안아볼래. 너는 몽이를 내게 조심스럽게 넘겨줬다. 아기 다루듯이. 나는 몽이를 품에 안았다. 따뜻했다. 부드러웠다. 흙냄새가 나. 우리는 몽이가 깨지 않도록 아무런 말도 하지 않은 채 조용히 산을 내려왔다.

□

훗날, 우리는 어른이 되어서도 종종 그날을 떠올리곤 했다. 만약 몽이가 이미 부패된 상태였다면 우리는 엄청 놀랐을 거야. 충격적이었을 거라고. 우리는 운이 좋았어. 너는 그날의 일을 다행스럽게 여겼다. 근데 지금 생각하면 너무 이상하지 않아? 몽이를 안았을 때, 정말로 따뜻했어. 내가 말하니, 너는 내 기억이 왜곡된 거라고 했다. 기억은 믿을 만한 게 못 돼. 너도 안아봤으니까 알잖아. 몽이 따뜻했어, 마치 살아 있는 것처럼. 너는 몽이의 몸이 따뜻했는지 어땠는지 기억나지 않는다고 했다. 기억나는 건, 몽이를 데리고 집으로 갔을 때 엄마에게 혼났던 일. 엄마가 다시 몽이를 어디론가 데려가버린 일. 그래서 울고불고 난리를 쳤던 기억만이 남아 있다고 했다.

□

나쁜 기억은 사진과 사진 사이에 있었다. 슬픈

기억, 좋지 않은 기억들. 그러니까 그런 기억은 사진에 찍히지 않았던 순간 속에나 있는 것이다. '망우삼림'은 나쁜 기억을 지워주는 망각의 숲이라는 뜻이라고, 너는 오래전에 내게 알려주었다.

□

언젠가 네가 그곳을 나왔듯, 나도 그곳을 나와 사거리에 멈춰 섰다. 빨간불. 네가 필름이 현상되길 기다리며 즐거워했던 이유를 이제는 알 것 같았다. 기다리고, 기다리고, 기다리다 보면, 어떤 장면들을 곱씹게 되고, 곱씹고, 곱씹고, 곱씹다 보면, 기억들은 고정되었다. 한번 고정되면 쉽게 사라지지 않았다. 나는 여전히 사거리에 멈춰 서 있었다. 신호등이 불빛이 바뀌기를 기다리며 사진관에서 받아 온 봉투를 꺼냈다.

□

스물네 장의 흑백사진. 거울에 비친 네 모습. 강한 빛에 노출되어 절반이 새하얗게 나온 사진. 새하얀 눈이 내리는 아파트 단지. 눈 위에 찍힌 발자국. 작은 눈사람. 너의 방. 아스팔트 바닥에 비친 너의 그림자. 빌딩 유리창에 비친 하늘. 낙원악기상가 간판. 헌책방 거리. 프란츠 카프카의 책. 청계천에서 만난 백로. 버스 창문 밖으로 보이는 서울역. 숭례문. 낡은 간판들. 벚꽃나무. 물웅덩이에 비친 네 모습. 길에 버려진 우산. 네가 다녔던 초등학교. 운동장과 축구 골대. 어린 너와 몽이의 사진이 있는 액자. 마치 몽이를 연상시키는 흰 개. 언젠가 우리가 함께 영화를 보러 갔던 아트시네마와 망우삼림. 지금 내가 서 있는 사거리. 계속, 너의 시선을 따라 마지막 장까지 가면

□

내가 있었다. 그러니까 언젠가 카페에서 네가 찍었던 바로 그 사진이었다. 사진 속에서 나는 마치 잠든 사람처럼 눈을 감고 있었다. 나는 카메라 렌즈를 정확히 응시했다고 생각했지만, 햇살이 눈부셔 나도 모르게 깜박 눈을 감은 순간. 깜박- 찰칵. 셔터가 눌렸다. 내가 눈을 감은 순간과 네가 셔터를 누른 순간. 이 우연의 일치를 설명할 길이 없지만. 내가 눈을 깜박할 때 셔터는 눌렸을 것이다. 그 순간은 신중하게 일치되었을 것이다. 결정되었을 것이다. 마지막 필름을 사용한 후, 너

는 내게 말했지. 이 귀중한 마지막 컷을, 너에게 쓰다니. 가슴이 저릿했다. 그래, 나에게 쓰다니.

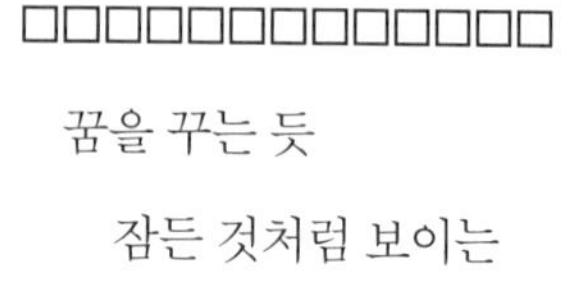

꿈을 꾸는 듯

잠든 것처럼 보이는

□□□□□□□□□□□□□□□□

□□□□□□□□□□□□□□□□□□□□

눈을 감고 있는

영원히 볼 수 없는, 영원히

□□□□□□□□□□□□□□□□□□□□

나는 잠든 것 같은 내 얼굴을, 오랫동안 바라보았다. 어째서 사람은 자신이 잠든 모습을 볼 수 없으면서, 사랑하는 사람이 잠든 모습은 볼 수 있는 걸까.

네가 찍은 사진 속에서 나는 눈을 감고 있었다. 나는 네가 보고 싶었다. 네가 보고 있는 것들까지 다 보고 싶었다. 바라보면 바라볼수록, 점점, 더 이상, 나는 내가 아닌 것처럼 느껴진다. 내가 나를 보고 있으니, 나

는 더 이상 내가 아닌 것만 같고, 더 이상 여기에 내가 없는 것 같고,

나는 이미 오래전에 죽은 사람처럼

사진 속에 있었다.

진입/하기

서른이 되면 살 만해질 줄 알았다. 서울에 살고 자동차를 살 수 있게 되면 살 만해지는 건 줄 알았다. 주말마다 공연이나 전시를 보며 지낼 수 있고, 연휴 때 해외로 짧게나마 여행을 갈 수 있고, 이따금 기분 내어 명품을 살 수 있다면 그렇게 되는 건 줄 알았다. 결혼을 하고 전망 좋은 아파트에 살게 되면 그때는 괜찮아질까. 그럴 수도 있을 것 같지만, 이제 더 이상 무언가를 꿈꾸거나 목표를 향해 나아갈 자신이 없다. 지금껏 크고 작은 성취를 이루면서 살았는데, 정작 그렇게 해서 내가 이르게 된 곳은 꽉 막힌 도로 위였다. 나는 오늘도

운전대를 잡고 있었다. 지친 몸을 이끌고 퇴근할 때면 만사가 짜증 났지만, 이 교통체증을 견디지 않고서는 집에 가 편히 누울 수 없었다. 사는 게 너무 피곤했다.

오래전 지수는 휴대폰에 내 이름을 '서울쥐'라고 저장했었다. 그 말이 귀여워 기억해두었는데, 아직도 그대로인지는 잘 모르겠다. 이제 지수와는 1년에 한두 번 통화를 나누는 게 전부고, 이마저도 앞으로 얼마나 더 지속할 수 있을지 알 수 없었다. 어릴 때 친했다는 이유만으로 애써 관계를 이어나가고 있는 사이랄까.

우리는 동네 친구이자 고등학교 동창이었지만 서로 다른 대학에 가게 된 후로는 딱히 만날 일이 없었다. 대학을 가고 얼마 지나지 않아, 본가도 다른 지역으로 옮기게 되면서 더더욱 그렇게 되었다. 사실상 이제 우리에게는 접점이 없었다. 우리는 각자 다른 곳에서 새로운 인간관계를 만들며 살아가고 있었는데, 그게 서운하게 느껴지진 않았다. 어느 날 갑자기 지수가 연락처를 바꾸거나 내 연락처를 지우더라도 이해할 수 있을 것 같았다.

그런 지수가 내게 청첩장을 보내왔다. 모바일

청첩장을 열어보니 '6년 동안 서로 사랑하며 걸어온 시간에 결실을 맺고자' 한다는 문구가 보였다. 6년 동안 만났다면 아마 그 사람이 맞을 것이다. 나는 지수의 애인을 한 번도 본 적이 없었지만, 지수가 거래처 사람을 만나 장거리 연애를 하고 있다는 사실은 알고 있었다. 금방 헤어질 줄 알았는데 결국 그 사람과 결혼을 하는구나. 나는 축하한다고 답장을 보냈다. 그런데 예식장까지 가야 하는 걸까. 사실 조금 난감했는데, 그건 아마 지수도 그랬을 것이다. 청첩장을 보내기도 애매하고 안 보내기도 애매한 사이였으니까. 지수는 메시지 끝에 덧붙었다. 너무 바쁘면 무리하지 말고. 그건 나를 배려하는 말이었다.

나는 지수가 어떤 이십대를 보냈는지는 잘 모르지만, 어떤 유년기를 보냈는지는 잘 알고 있었다. 매일 함께 놀았으니까. 우리는 매일 놀이터를 신나게 뛰어다녔다. 그네도 타고 시소도 타고 그러다가 지겨워지면 애들을 모아 술래잡기도 하고 그랬다. 같이 땅도 파고 고운 흙도 만들고 돌도 고르고 그랬다. 사방치기도 하고 이따금 정체를 알 수 없는 게임을 하기도 했다. 우리

보다 어린아이들은 깍두기를 시켰다. 제외되는 아이는 없었다. 놀이터에서는 따로 통성명을 하지 않아도 게임 한판이면 모두 친구가 될 수 있었다. 모두 승패가 중요하지 않은 게임이었다. 아니, 그 누구도 승패를 중요하게 여기지 않았다. 이기면 이기고 지면 지는 것. 이긴다고 좋을 것도 진다고 나쁠 것도 없었다. 그냥 실컷 뛰어다니다가 해가 질 때 집에 가면 그만이었다.

놀이터 옆에는 경로당이 있었고, 가끔 용변이 급한 아이들은 그곳에서 일을 보기도 했다. 어떤 할머니 할아버지는 놀이터에 나온 아이들에게 먹을거리를 주기도 했다. 한번은 지수가 경로당 문에 매직으로 자기 이름을 써서 어떤 할머니에게 크게 혼이 난 적이 있었다. 한글로 자기 이름을 쓸 수 있다며 이곳저곳에 이름을 쓰고 다닌 탓이었다. 지수는 그 자리에서 울고 말았다. 그때 다가와 지수를 안아주던 애가 있었다. 피부가 까무잡잡하고 늘 멜빵바지를 입고 다니는 애였는데.

결혼식에 누가 올까. 딱히 근황이 궁금하지 않은 동창들과 어색하게 인사를 나누고, 지루한 결혼식을 보며 박수를 치고, 입맛에 맞지 않는 뷔페를 먹으며 하루를 보낼 생각을 하니 벌써부터 피로가 몰려왔다. 날씨가 우중충한 탓도 있었지만, 이른 새벽부터 일어나 고향에 가는 게 여간 힘든 일이 아니었다. 그냥 축의금이나 보내고 말걸 그랬나. 막상 길을 나서니 후회가 밀려왔지만, 이제 와 핸들을 돌리기에는 늦었다는 생각이 들었다. 어쩔 수 없이, 고향에 다녀오는 것으로 주말 하루를 다 보내야 될 것이다.

한편 창밖으로는 끝없이 논과 밭이 이어지고 있었다. 창문을 닫고 있어도 분뇨 냄새가 차 안으로 새어 들어왔다. 이따금 허허벌판에 우뚝 서 있는 공장이 보이기도 했다. 나는 액셀을 밟았다.

7년 만에 온 고향은 별로 달라진 게 없었다. 낡고 오래된 터미널과 그 주변 모텔들. 촌스러운 네온사인 간판들. 그 옆에 바로 초등학교와 중학교가 있는 기이한 모습까지. 낡은 빌라가 있던 자리에는 아파트 단지와 상가가 들어서 있고, 도로도 새로 포장한 듯했지만, 여전히 구질구질하다는 생각을 지워버릴 수 없었다.

친구들은 여전히 여기에 살고 있겠지. 그들은 자기 부모가 그랬듯, 이곳에서 졸업을 하고 취직을 하고 결혼도 하며 평온한 삶을 살기를 바랐다. 그것만으로 만족할 수 있는 애들이었다. 조용하고 살기 좋지 않냐. 그래도 있을 건 다 있잖아. 친구들은 곧잘 그렇게 말하곤 했지만, 나는 아니었다. 제대로 된 전시도 공연도 볼 수 없는 이 지루한 도시에 평생 갇히게 될까 두려웠다. 그리 많지 않은 월급에 기대어 그저 그런 삶은 살고 싶지 않았다. 혹여 그런 삶에 안주하게 될까 두려웠다. 그건 정말 구질구질한 삶이었다. 그래서 공부했다. 그렇게 살지 않을 유일한 방법은 공부뿐이었다. 내게 다른 선택지는 없었다. 나는 그걸 인정해야 했다. 내게 공부는 그저 수단 그 이상 그 이하도 아니었지만, 그 당시 내가 키울 수 있는 유일한 힘이었다. 다행히 나는 원하던 대로 서울로 진학을 했고 서울에서 직장을 구하는 데까지는 성공할 수 있었다. 그럼 나는 이제 구질구질한 삶에서 벗어난 것일까. 인정하고 싶진 않지만, 내 삶 또한 이 도시처럼 크게 달라진 게 없는 듯했다.

내비게이션 안내를 따라 도시 외곽으로 나갔다. 도로는 점점 한산해졌다. 얼마나 지났을까. 어느 순간부터 자동차가 한 대도 보이지 않았다. 내비게이션이의심스러웠다. 정말 여기로 가는 게 맞는 건가. 잘못된 길로 접어든 것 같다고 생각하는 찰나, 저 멀리 예식장이 보였다. 도대체 누가 이런 곳에 예식장을 지은 것인지. 예식장은 허허벌판에 우뚝 서 있었다. 뾰족한 지붕과 장식 때문에 얼핏 버려진 성을 연상케 했는데, 왠지 모르게 으스스한 느낌이었다. 진입로에 심어진 나무들은 앙상한 가지만 남아 있었다.

주차장에 들어서니 이미 정차되어 있는 자동차들이 꽤 있었다. 예식장 안으로 들어가는 사람들도 보였다. 나는 적당한 곳에 차를 세웠다. 차 문을 열자마자 찬 바람이 거세게 불었다. 낙엽이 여기저기 굴러다니고 있었다. 날씨 때문인지 주변이 더 휑하게 느껴졌다.

다행히 식장 내부는 환하고 깔끔했다. 대리석 바닥과 거대한 샹들리에. 누가 이런 곳에 예식장을 지은 건지 의문이 들었는데, 막상 안으로 들어와 보니 이해가 되었다. 도심에 이 정도 규모와 시설의 예식장을 지으려면 돈이 어마어마하게 들 테니까. 나는 꽃으로 잘 꾸며진 복도를 지나 신부 대기실로 갔다. 그곳에 웨딩드레스를 입은 지수가 있었다.

지수는 아버지 손을 잡고 입장했다. 지수는 벌써부터 울 것 같은 표정을 하고 있었다. 그 얼굴을 보니, 고등학교 야간자율학습 시간에 지수가 울었던 게 생각났다. 여느 때와 같은 날이었는데, 도대체 무슨 일이었는지 지수는 울면서 문제집을 풀고 있었다. 눈물을 뚝뚝 흘리고 코를 훌쩍거리면서도 펜을 놓지 않았다. 왜 그러는 거냐고 묻자 지수는 갑자기 화가 나서 그렇다고 했다.

그 당시 지수가 그렇게까지 열심히 공부했던 건 수도권 대학에 가기 위해서가 아니라 부모님 때문이었다. 지수의 부모님은 무척 엄격했던 것으로 기억한다. 아주 어릴 때는 그렇지 않았는데 고등학교에 가면서 통제가 심해진 듯했다. 외출은 물론이고, 교복을 입는 것부터 식단까지. 야간자율학습 이후 친구들과 야식을 먹거나 드라마를 보거나 하는 일은 지수에게 허용되지 않았다. 서울에 있는 대학 아무 데나 가면 돼. 다른 지역으로는 절대 안 보내줄 것 같고, 서울이면 되지 않을까. 아무 데나 가면 된다는 그 말이 충격적이었는지, 그때 지수가 했던 말이 아직도 잊히지 않았다. 그러나 결국 지수는 이곳에 남게 되었다. 지수는 수능에서 애매한 성적을 받았고, 그게 그의 발목을 잡았다. 서울에 있는 그저 그런 사립대학교를 가거나 고향에 있는 국립대학교를 가거나. 결국 지수는 이곳에 있는 국립대학교에 진학하게 되었는데, 그때 지수의 마음이 어땠는지는 정확히 알 수 없었다.

먼저 입장한 신랑은 지수를 기다리고 있었다. 그는 이를 드러내며 환하게 웃고 있었다. 나는 그에 대해 아는 바가 거의 없었지만, 그래도 인상이 좋아 보여 다행이라는 생각이 들었다. 지수는 이제야 겨우 여기를 벗어나게 되는구나. 지수는 남편이 일하는 경기도에서 신혼 생활을 시작할 예정이었다. 가능하다면 후에 아이를 낳고, 아이가 학교에 입학하기 전까지 서울로 집을 옮기는 게 목표라고 했다. 지수는 아버지의 손을 놓고 신랑의 손을 잡았다.

예식 후에는 가족, 친지가 모여 사진을 찍었다. 수연아. 수연이 맞지? 사진을 찍으려고 앞으로 나가려고 하는데 누군가 내 이름을 반갑게 불렀다. 익숙한 얼굴이었는데 이름이 바로 떠오르지 않았다. 주혜였나, 혜주였나. 나는 이름이 기억나지 않는다는 사실을 숨기

려고 애써 미소를 지어 보였다. 그 애는 대뜸 나를 끌어안더니 반갑다며 호들갑을 떨었다. 뭐야, 언제 왔어? 혼자 온 거야? 나는 그렇다고 했고, 그 애는 자기도 혼자 왔다며 내 팔을 잡아끌었다. 네가 올 줄은 몰랐다며, 도대체 지금껏 어떻게 살았냐며, 왜 자기에게는 한 번도 연락을 하지 않았냐며. 사진을 찍기 위해 줄을 서는 동안에도 말을 쉬지 않았다. 그사이 나는 그 애의 이름을 떠올리기 위해 애썼다.

하나, 둘, 셋. 자, 한 번 더 찍을게요! 조금 더 모여주세요! 사진이 촬영되는 순간, 그 애는 팔짱을 꼈다. 그것도 아주 다정하게. 우리가 그렇게 친했었나. 친했다면 이름 정도는 기억날 텐데. 감사합니다. 다들 수고하셨습니다. 불편한 감정이 들어 촬영이 끝나자마자 얼른 팔을 뺐다. 그리고 주위를 둘러보았다. 줄을 맞춰 서 있던 사람들이 흩어지고 있었다. 얘 말고 아는 얼굴은 없었다. 대부분 지수의 직장 동료들인 듯했다.

얼떨결에 그 애와 식사까지 함께하게 된 나는 조금이라도 빨리 자리를 뜨고 싶었다. 그러지 않으면 금방이라도 체할 것 같았다. 너 없었으면 밥도 못 먹고 갈 뻔했다. 나 혼자서 밥 못 먹거든. 그런데 너는 혼자서 잘 먹지? 그게 무슨 질문인가 싶어서 고개를 갸우뚱했다. 내가 그런가? 일하다 보면 혼자 먹는 게 더 편하긴 하지. 나는 적당히 대답하면서, 그릇에 남은 샐러드를 마저 먹었다. 그래, 너 고등학생 때도 그랬어. 맨날 혼자 후딱 밥 먹고 올라와서 공부하고 그랬던 거 생각나. 그걸 애가 어떻게 기억하고 있나 싶었지만, 그 애 말이 맞았다. 그때는 밥 먹고 괜히 친구들과 떠들며 시간을 낭비하는 게 싫었다. 그걸 기억하고 있어? 그 애는 그것 말고도 많은 것들을 기억하고 있는 것 같았다. 우리 반이 체육대회에서 우승했던 일, 야간자율학습 시간에 정전이 되었던 일, 담임이 지갑을 도난당했던 일 등. 그러나 놀랍게도 전부 나는 기억나지 않은 일들이었다. 그 애가 말을 지어내는 게 아닐까 싶을 정도였다. 우리 담임 그때 결혼해서 반 애들이 결혼식에서 축가도 부르고 그랬잖아. 얼핏 다 같이 축가를 연습하던 모습이 떠올랐지만, 어째서인지 결혼식에 갔던 건 기억나지 않았다. 우리 담임이 결혼을 했다고? 그래, 애들끼리 모여서 버스 타고 갔잖아. 나도 갔어? 응, 너도 있었어. 내 기억이 잘못되었나. 머리에 무슨 문제라도 생긴 게 아닌가 싶었다. 그런데 담임 이름이 뭐였더라. 담임 이름조차

바로 떠오르지 않았다. 기억나는 건 얼굴뿐이었다.

자동차에 시동을 거는데 불현듯 담임 이름이 떠올랐다. 여전히 결혼식에 갔던 기억은 나지 않았지만. 그런데 그런 걸 기억한다고 뭐가 달라지나. 어쨌든 이름을 다시 기억해냈다는 것만으로 나는 안도했다. 중요하게 생각하지 않아서, 그냥 신경을 기울이지 않아서 잊어버린 것이라고. 원래 뇌는 중요하지 않은 정보들은 바로 처리해버리니까.

창밖으로 예식장이 보였다. 습기에 축축하게 젖은 벽돌이 눈에 들어왔다. 아까는 보지 못했던 것이었다. 여전히 으스스하다는 인상을 지울 수 없었다. 얼른 벗어나고 싶었다. 나는 액셀을 밟았다. 그 애를 집 앞까지 데려다줘야 했다.

그럼 올 때는 어떻게 왔어? 택시? 그 애는 그렇다고 했다. 네 덕분에 이렇게 집까지 편하게 가고, 가면서 얘기도 나누고 좋네. 그 애는 아직 학교 주변에 살고 있다고 했다. 따로 자취를 해본 적도 없고, 아마 앞으로도 그럴 것 같다고 했다. 불편하지 않아? 내가 묻자, 그 애는 딱히 그렇진 않다고 했다. 부모님이 가게를 하셔서 거의 집에 없어. 오빠도 결혼해서 나가고, 집에 거의 맨날 혼자 있어. 근데 이제는 만날 친구가 없어서 그게 아쉽지. 예전에는 동네 사는 애들이랑 같이 피시방도 가고 노래방도 가고 술도 마시고 그랬는데. 그래도 나 대학 다닐 때까지는 동네에 애들이 꽤 있었어. 그 애 말에 따르면, 어느 순간 하나둘씩 이곳을 떠났다고 했다. 요즘은 신도시나 공업단지 쪽으로 많이 넘어가니까.

우리가 이야기를 나누는 동안에도 창밖으로는 내내 논과 밭이 이어졌다. 이따금 집들이 보이긴 했지만 진짜로 거기에 사람이 살고 있는지는 알 수 없었다. 차도 사람도 없어서 브레이크를 밟을 일이 거의 없었다. 서울에서는 상상도 할 수 없는 일이었다.

도심에 진입하니 그래도 자동차들이 조금씩 보이기 시작했다. 그리고 곧이어 익숙한 풍경이 이어졌다. 순간 시간을 거슬러 올라간 것만 같은 느낌이 들었다. 모든 게 조금씩 낡아버렸다는 것 이외에는 거의 모든 게 그대로였다. 포장마차도 롯데리아도 교회도 그대로였다. 여기서부터는 내비게이션 없이도 갈 수 있을 것 같았다. 어? 저 학원이 아직도 있구나. 중학생 때 다녔던 종합 학원을 지나 커브를 틀었다. 모든 게 아직 그대로인지 궁금해졌다. 학교 앞에 문구점 있었잖아. 사장님 아직도 계시려나. 그 집에 애기가 있었지? 내가 묻자, 그 애가 웃으며 말했다. 애기 이제 막 뛰어다녀. 문구점은 편의점으로 바뀌었고, 사장님은 그대로. 얼마 지나지 않아 편의점이 보였다. 그리고 그 옆에 내가 다녔던 고등학교가 있었다. 와, 진짜 오랜만이다. 왠지 기분이 이상하네. 나는 속도를 줄이며 고등학교 앞을 천천히 지나갔다.

그 맞은편이 그 애가 사는 아파트였다. 나는 적당한 곳에 차를 세웠다. 데려다줘서 고마워. 그런데 너 연락처 바뀐 거야? 그 애는 연락처를 교환하자는 듯 휴대폰을 내밀었다. 연락처를 교환해도 연락을 하거나 다시 만날 일은 없을 것 같았지만, 거절하기가 애매하여 일단은 연락처를 알려주었다. 그 애가 내게 전화를 걸자, 내 휴대폰에 그 애 연락처가 떴다. 저장해. 그 말을 듣고 아직도 내가 그 애 이름을 기억하지 못하고 있다는 걸 깨달았다. 그러나 애써 기억할 필요가 없을 것이다. 이대로 헤어지면 그만이었으니까. 그 애는 다음에 서울에 가게 되거든 꼭 연락을 하겠다며 내게 마지막 인사를 하고 차에서 내렸다. 그제야 숨통이 트였다.

다시 액셀을 밟으려고 하는데, 문득 학교 안이 궁금해졌다. 오랜만에 다시 그곳에 들어가보고 싶었다. 건물 안까지는 아니더라도, 운동장까지라도. 오랜만에 학교에 가면 어떤 느낌이 들까. 그 시절이 자연스럽게 떠오르려나. 희미해진 기억들까지 선명해지려나. 아까 그 애가 말했던 일들이, 그러니까 까마득히 잊어버린 그 일들이 다시 떠오를지도 모르는 일이었다. 그리고 지금이 아니라면, 또 언제 다시 오게 될지 몰랐다. 어쩌면 두 번 다시 오지 못하게 될 수도 있었다.

나는 차에서 내려 학교 쪽으로 걸어갔다. 교문은 열려 있었다. 교문 앞에 도착하니 큰 나무가 한 그루 있었다. 이게 원래 여기에 있었나. 나는 잠시 나무를 바라보다가 학교 안으로 들어가 운동장을 보았다. 벤치 그리고 철봉과 농구 골대가 있었다. 벤치가 저기에 있었다고? 저기에 앉았던 적이 있었는지 모르겠다. 나는 벤치로 가 앉아보았다. 그리고 학교 전경을 바라보았다. 고요했다. 주말이라 그런지 학생들도 보이지 않았다. 요즘 고등학생들은 주말에 학교에 가지 않는다고 했다. 학생도 많지 않아서 한 반당 인원이 스무 명 조금 넘는 정도라고 들었는데. 아무리 그래도 그렇지, 이렇게 학교가 텅 비어 있을 수 있다니.

내가 고등학교에 다닐 때는 수험생이 넘쳐났었다. 지금도 그렇지만, 수능을 못 보면 인생 첫 단추를 잘못 꿰는 것이라고 여길 정도로 너도나도 수능 성적에 목숨을 걸었다. 좋은 대학에 가게 해달라고 부적을 쓰거나 기도를 드리는 한편, 수능 날마다 시험 결과를 비관하여 자살 기도를 하는 애들도 있었다. 이런 시대에 태어난 것이 원망스럽기도 했지만, 또 그렇다고 시대를 탓할 수만은 없었다. 원하는 바를 이루려면 경쟁은 필연적이었다. 아마 그게 내가 학교를 다니며 배웠던 전부였을 것이다.

운동장까지는 들어왔지만, 차마 건물 안으로 들어갈 용기는 나지 않아 교정을 거닐었다. 창문 안을 들여다보면서. 얼핏 교실이 보였다. 급식소도 보였다. 모든 게 그대로인데 사람만 사라져 있었다. 마치 나 홀로 여기에 남겨진 것 같았다. 나는 조금 더 빠른 걸음으로 교정을 걸었다. 이번에는 후문 쪽으로 가볼 생각이었다.

후문으로 나가면, 가파른 언덕이 있었다. 그 길을 따라 고급 주택들이 줄지어 있었다. 저 집들은 지금쯤 얼마나 하려나. 지어진 지 꽤 되었으니 값도 많이 떨어지지 않았을까. 고등학교에 다닐 때만 해도 그곳을 지날 때면, 언젠가 성공해서 저런 집에 살겠다고 의지를 다지곤 했었다. 문득 서울 성북동과 비슷하다는 생각이 들었는데.

한번은 택시를 타고 성북동을 지나간 적이 있었다. 면허를 따기 전이었다. 기사는 언덕을 넘어가며, 이곳에 누가 사는지를 줄줄 읊었다. 최근에 누가 성북동으로 이사를 왔는지, 또 이사를 오려다가 실패했는지까지. 그 아이돌 있잖아. 해외에서도 인기 많고, 연기도 하고 그러는데 이름이 생각 안 나네. 어쨌든 그 사람도 여기에 못 왔다고 하지. 현금을 들고 왔는데도 안 팔았대. 돈이 문제가 아니라 격이랄까. 말로 설명할 수 없는 그런 게 있는 거지. 여기가 원래 조선시대부터 선비들 살던 동네 아니야. 예전부터 삼대가 덕을 쌓아야 살 수 있는 동네라고 했어. 그 말에 헛웃음이 나왔었다. 내가 아무리 노력해도 이 동네에 집을 살 일은 없겠구나. 언덕을 넘어가는 내내 집들이 보였다. 모두 담장이 높아 내

부가 보이지 않는 집들이었다.

그래도 성북동 집들과는 달리, 이곳에 있는 주택들은 담이 높지 않았다. 산책 겸 길을 따라 조금 더 걸어보았는데, 얼마 지나지 않아 저 멀리 익숙한 집 한 채가 보였다. 갈색 벽돌로 된 2층짜리 주택이었다.

그 집에는 그 오빠가 살고 있었다. 그 오빠는 멋을 부리는 것도 좋아했고, 사람을 좋아해서 만나는 사람들마다 연락처를 물어보고 다녔다. 나와 같은 학년이었고, 장애가 있었다. 우리는 중학교 도서부에서 만나 매주 함께 도서관에서 책을 정리하곤 했다. 오빠는 색깔별로 책을 정리해놓았는데 번호에 맞춰 책을 배열하는 것보다 그게 더 나아 보일 때가 있었다. 물론 그걸 다시 정리하는 건 내 몫이었지만. 한번은 오빠가 책에 얼굴을 파묻고 있어서 뭐 하고 있냐고 물었던 적도 있었다. 냄새가 좋아. 그전까지만 해도 책 냄새에는 거의 신경을 써본 적이 없는데, 그 말을 들은 후로 이상하게도 책 냄새가 좋게 느껴졌다.

어쩌다가 그 집에 가게 된 건지는 잘 모르겠다. 오빠가 초대했던 것인지, 어머니가 초대했던 것인지, 아니면 도서부 회의를 하러 갔던 것인지. 어쨌든 나는 도서부 친구들과 그 집에 갔고, 집 안으로 들어가자마자 그 크기와 분위기에 압도되었다. 무엇보다도 천장이 너무 높았다. 오빠는 그 넓은 집을 여기저기 정신없이 뛰어다녔다. 학교에서는 본 적 없는 모습이었다. 어쨌든 그날 우리는 그곳에서 피자도 먹고 과일도 먹었다. 어머니는 우리에게 자꾸 이것저것 챙겨주셨는데, 왠지 모르게 아직까지도 그때 어머니의 그 눈빛이 잊히지 않는다. 들뜬 것 같아 보이기도, 동시에 어딘가 불안해 보이기도 한 눈빛이었다. 나는 그런 어머니에게 오빠가 얼마나 도서부 활동을 열심히 하고 있는지 알려드리고 싶었다.

그런데 그러고 보니 고등학교에 진학하게 되면서부터 오빠를 만나지 못했구나. 그때는 그 사실을 전혀 인지하지 못했다. 고등학교에 가며 헤어지게 된 수많은 친구들 중 한 명이었으니까. 그러나 이후의 삶은 달랐을지도 모른다는 생각이 들었다. 오빠는 특수학교에 가게 되었을까. 그리고 그다음에는? 아주 오랜만에 그 집 앞을 지나치며 마당을 들여다보았다. 개집이 하나 있었다. 텅 비어 있었다. 인기척은 없었다.

개가 죽었나. 그 집을 지나치며 생각했다. 개가 죽는 걸 본 적은 없지만 죽은 개를 본 적은 있었다. 그때는 죽었다는 사실을 몰랐지만 말이다. 그때는 죽는다는 게 무엇인지, 죽으면 어떻게 되는지도 알지 못했다. 너 죽었어. 나가. 매일 놀이터에서 게임을 하면서 수도 없이 했던 말이니까, 그 말의 무게를 실감하지 못했던 것 같기도 했다. 아니면 오히려 게임을 통해 언젠가 누구나 죽는다는 사실을 익혔는지도.

어느 날 하루는 지수가 울면서 놀이터에 왔는데, 왜 그러냐고 물으니 개가 보고 싶어서 그런다고 했다. 보고 싶으면 보면 되지. 지수는 내 팔을 잡으며 그럼 제발 자기를 도와달라고 했다. 나는 알겠다고 했다. 그렇게 길을 나섰는데 어느 골목에서 그 애를 만났다. 멜빵바지를 입은 그 애. 그리고 자연스럽게 그 애는 우리와 동행하게 되었다.

지수는 우리를 뒷산으로 데려갔다. 어딜 가는 거야? 개가 보고 싶대. 그 애가 물어서 내가 대답해주었다. 개가 어디에 있는데? 뒷산에 있대. 그 애는 무섭다며 내 손을 꽉 잡았다. 얼마나 올라갔을까. 지수는 소나무 옆을 가리켰다. 여기야. 누가 오줌을 싸고 간 것처럼 그

부분만 흙이 젖어 있었다. 땅을 파야 돼. 저기에 있어? 응, 저기에 있어. 그리고 지수는 다시 울먹이기 시작했다. 우리는 지수를 돕기 위해 맨손으로 땅을 파헤치기 시작했다. 의욕 넘치게 시작했으나, 맨손으로 땅을 파는 건 쉽지 않은 일이었다. 일단 손이 너무 아팠다. 손톱 사이에 흙이 끼는 것도 싫었다. 얼마 지나지 않아 나는 바로 포기하고 싶어졌다. 반면, 그 애는 진심을 다했다. 얼마나 열심히 팠는지, 손끝이 까져 피가 나고 있었다. 너 피 나고 있어. 그 애는 괜찮다고 했다. 그 모습을 보고 나도 다시 땅을 파기 시작했다. 매일 놀이터에서 하던 게 아닌가. 우리는 힘을 모아 깊은 곳까지 파헤쳤다.

조금씩 지쳐갈 때쯤, 그 애가 말했다. 어, 뭐가 있어. 구덩이 안쪽 틈으로 흰 털이 조금 보였다. 개였다. 그때부터 우리는 개가 다치지 않도록 조심스럽게 흙을 걷어냈다. 그리고 마침내 땅속에서 개 한 마리를 꺼냈다. 지수는 개를 품에 안았다. 자고 있어. 지수의 말처럼, 개는 정말 자고 있었다. 지수는 그 애와 나에게 개를 한 번씩 만져볼 수 있게 해주었다. 우리는 개가 잠에서 깨지 않도록 아주 조심스럽게 머리를 쓰다듬었다. 따뜻하고, 부드러웠다. 군데군데 흙이 묻어 있었지만.

그런데 내 기억이 맞나. 개가 따뜻했다고 기억되는 건, 실제로 그랬기 때문일까. 아니면 내 상상일까. 상식적으로 개가 부패해 있어야 하는 거 아닌가. 날이 추웠나. 겨울이었나. 그래서 땅을 파헤치는 게 힘들었나. 이제 와 돌이켜보니 구멍이 너무도 많았다. 그럼에도 분명히 기억나는 건, 그 애가 손끝에서 피가 나도록 땅을 파헤쳤다는 것이다. 뒷산을 내려왔을 때 나는 그 애 멜빵바지에 피가 묻어 있는 것을 보았다. 아마 손끝에서 난 피를 닦은 모양이었다. 바보 같네. 자기 다치는 줄도 모르고. 나는 그 애 손을 잡았다. 그 애가 나를 보며 웃었던 게 떠오른다.

그 애는 혼혈이었나. 이제 와 그 얼굴을 다시 떠올리면, 그랬을지도 모른다는 생각이 들었다. 그때는 혼혈이라는 말을 몰랐으니까. 그저 매일 놀이터에 오는 애들 중 한 명이라고 생각했지, 혼혈이라고는 생각하지 못했다.

놀이터와 경로당이 있던 자리에는 펜스가 둘러져 있었다. 빈틈으로 안을 들여다보니 공터였다. 무언가 새롭게 지어질 모양인지, 철근과 건축 자재들이 쌓여 있었다. 여기가 맞나. 내가 혹시 길을 잘못 들어선 건 아닌지, 길을 착각하고 있는 건 아닌지, 몇 번이고 주위를 둘러보았다. 구글 맵을 살펴보기도 했다. 놀이터가 사라졌다는 사실이 적지 않게 실망스러웠다. 시설이 바뀌어 있을 거라고는 생각했지만, 이렇게 아예 사라져버릴 줄은 몰랐는데.

나는 발걸음을 옮겼다. 예전에 살았던 곳에 가보고 싶었다. 구두 때문에 발이 아팠지만 그래도 여기까지 온 김에 가보고 싶었다. 골목을 돌아 조금 더 걷다 보면 금방 갈 수 있었다. 정말 금방이었다. 골목을 돌자 그 집이 바로 보였다. 연립 빌라. 예전에 내가 살던 집이었는데, 이제는 더 이상 그 누구도 살지 않는 것 같아 보였다. 창문 유리도 깨져 있었고, 방충망도 다 뜯겨져 나간 상태였다. 주차장 쪽 화단에는 잡초가 무성하게 자라 있었다. 등골이 서늘했다. 차마 안쪽을 들여다볼 용기도 나지 않았다.

나는 다섯 살 때부터 고등학교를 졸업할 때까지 이 집에 살았다. 이 집에 살 때 동생이 태어났고, 동생과 같이 햄스터도 키웠다. 방음이 잘되지 않아 고등학생 때는 동생과 꽤나 많이 싸우기도 했었다. 돈 때문에 부모님이 자주 싸우긴 했어도 이 집에서 행복했던 기억이 있었는데.

그때 메시지 하나가 도착했다. 그 애였다. 불현듯 짝꿍을 한 번 했던 게 떠올랐다. 그제야 그 애 이름이 기억났다. 메시지는 시답지 않은 인사말이었다. 잘 가고 있냐고, 오늘 만나서 반가웠다고. 아직 이곳을 떠나지 못했다는 말을 할 수 없었다.

어쩌다 보니 너무 멀리까지 와버렸다는 생각이 들었다. 이제 슬슬 돌아가는 게 좋을 것 같았다. 돌아가려면 걸어온 만큼 다시 걸어야 했다. 이렇게 많이 걷는 건 오랜만이었다.

서울에서는 이렇게까지 걸을 일이 거의 없었다. 직장에 갈 때는 자동차를 이용하고, 주차비가 부담스러운 곳에 갈 때는 지하철을 이용하면 되었으니까. 서울에서는 지하철만 타면 어디든 문제없이 갈 수 있었다. 수많은 사람들 사이에 끼어 있거나 그들과 부딪히는 일을 각오해야 했지만 말이다. 주말에는 술 냄새와 기름 냄새가 섞인 온갖 찌든 내까지도 견뎌야 했다. 그게 아무렇지 않다가도 불현듯 공포를 느낄 때가 있었다.

광복절이었나. 만원 지하철에 억지로 몸을 욱여넣었다가, 얼마 가지 못하고 바로 내린 적이 있었다. 갑자기 알 수 없는 공포에 식은땀이 나고 속이 울렁거렸다. 화장실에서 헛구역질을 하다가 간신히 진정하고 지하철역을 나왔다. 그리고 택시를 잡아탔는데, 그게 끝이 아니었다. 교통 혼잡을 예상하지 못했던 것이다. 서울역을 지나면서부터 길이 막히기 시작해, 시청에 가까워지면서부터 택시는 거의 움직이지 않았다. 그것도 모자라 기사의 온갖 불만을 들어야 했다. 왜 사람들한테 피해를 주냐고. 하여튼 데모하는 놈들은 안 돼. 예전에도 말이야. 대학 다니면서 데모하는 놈들이 문제였다고요. 폭력배 새끼들도 아니고 말이야. 미터기 요금은 계속 오르고 있었다. 저도 그놈들이 나온 대학을 나왔는데요, 하고 말하려다가 그마저도 그만두었다. 어차피 택시에서 내리면 두 번 다시 볼 일이 없는 사람이었다. 무엇보다도 속이 안 좋아 말할 기운도 없었다. 나는 창밖으로 시선을 돌렸다.

그런데 사람이 왜 이렇게 없을까. 주위를 아무리 둘러보아도 사람을 찾을 수 없었다. 인기척조차 느껴지지 않았다. 그러고 보니 여기까지 오는 동안 마주친 사람이 없었다. 찬 바람이 불고 귓가에는 바람 소리밖에 들리지 않았다. 오싹했다. 금지된 구역에 잘못 들어온 기분이었다.

내가 고향을 벗어나려고 애쓰는 동안 무슨 일이 벌어졌던 걸까. 내가 떠나 있는 동안 무슨 일이 있었던 걸까. 그 오빠도, 멜빵바지 애도, 땅에서 파온 개도. 놀이터에 가면 언제든 볼 수 있었던 애들도. 이제 더 이상 없었다. 그들은 이 거리에서 흔적도 없이 사라졌다. 그들이 정말 여기에 존재했던 게 맞나. 한때 그랬던 게 맞나. 나는 내 기억을 믿을 수 없었다. 지수에게 당장이라도 전화를 걸어, 그때 같이 놀던 애들을 기억하냐고 묻고 싶었다. 혹여나 지수가 아무것도 기억하지 못할까 봐 두려웠다.

나는 빠른 걸음으로 걷기 시작했다. 구두 때문에 뒤꿈치가 까져 걸을 때마다 아려왔지만 개의치 않았다. 아무도 없는 이곳을 벗어나고 싶었다. 벗어나고 싶었다. 가능한 한 빨리, 벗어나고 싶었다. 사람들이 살 만한 곳으로 가고 싶었다.

미처 기록되지 못한 순간들

에세이

1

텅 빈 거리와 공원을 보았다. 프랑스 소설가이자 영화감독인 마르그리트 뒤라스의 영화였다. 나는 메모장에 "소설을 더 사랑하게 만드는 영화이자, 영화를 더 사랑하게 만드는 소설"이라고 적어두었다. 이제는 내용도 거의 기억나지 않지만, 텅 빈 거리와 공원 이미지 위로 잔잔하게 울려 퍼지던 목소리를 기억한다. 그리고 고개를 돌렸을 때, 잠들어 있던 '희'의 모습도. 그는 내가 좋아하는 문학 선생님이자, 이따금 '언니'라고 부르고 싶은 따듯한 사람이었다.

극장을 나오며 희는 내게 말했다. 잠들었지만 이따금 눈을 떴을 때 본 이미지가 아름다웠다고, 영화가 참 좋았다고. 나는 잠들지 않았지만 그럼에도 꿈을 꾼 것 같은 기분이 들었다고 말했다. 잠결과 같은 영화였다고 생각하는 찰나, 극장 앞에서 우연히 시인들과 마주쳤다. 같은 영화를 본 모양이었다. 마치 밤의 선박을 타고 표류한 듯한, 잠에 취한 그들의 모습이 좋았다.

그들과 짧게 인사를 나눈 후, 나는 희와 이런저런 이야기를 나누며 정동길을 걸었다. 그리고 정동길 끝자락에 이르렀을 때 희가 내게 말했다. 길이 이렇게 아름다운데 우리가 너무 빨리 걸어온 것은 아닌지. 그 말에 잠시 뒤를 돌아보았다. 열심히 말하느라 놓쳐버린 풍경이 길게 이어졌다. 마치 영화 속에서 본 듯한 텅 빈 거리, 잠결에 본 것 같은 거리였다. 미처 사진으로 찍지 못했으나, 나는 그 순간을 오래도록 기억해두고 싶었다.

2

그로부터 몇 달 후, 나는 경상남도 남해에 갔다. 노도섬에서 열리는 문학상 시상식에 참석하기 위해서였다. 살면서 남해에 갈 일이 생길 거라고는 상상도 해보지 못했는데, 이런 일로 여기까지 오게 되는구나. 서울에서 남해까지, 앞으로도 버스를 그렇게 오래 탈일은 또 없을 것 같았다.

남해가 아니라 남해군. 나는 그곳에서 '제'를 생각했다. 제의 고향이었기 때문이다. 제는 대학 시절 동아리에서 만난 친구였고, 나는 이따금 그와 학교 앞 카페에서 음악 이야기를 나누거나 함께 영화를 보러 가곤 했었다. 연락이 끊어진 지는 꽤 되었지만, 이제 다시는 만날 수 없겠지만. 차창 밖으로 지나가는 풍경을 보며 제의 모습을 그려보았다. 제는 이런 곳에 살았구나. 이 길을 걸어 다녔구나. 제는 종종 고향에 내려오겠지. 잘 지내고 있을까. 불가능한 일인 줄 알면서도, 스치는 풍경 속에서 제를 우연히 발견하고 싶었다. 물론, 그런 일은 벌어지지 않았지만 말이다.

사실은 내가 제를 좋아했었다. 직접적으로 마음

을 표현하지 않았지만, 그 당시 나는 재즈를 좋아하는 그와 대화를 나누려고 재즈를 정말 열심히 들었다. 그러다가 나중에는 제만큼 재즈를 진심으로 좋아하게 되었다. 내가 이런 음악을 좋아했구나. 이런 음악도 좋아할 수 있구나. 내가 무엇을 좋아하는지에 대해서 보다 더 잘 알게 되는 계기가 되었다. 그는 내게 많은 곡을 추천해주었고, 그와 연락이 끊어진 후에도 나는 그가 알려준 음악을 들으면서 지냈다. 이제 더 이상 그는 없지만, 그가 알려준 것들이 내게 남은 것이다. 이렇게 좋은 것들을 알게 되다니, 그를 좋아하길 참 잘했다는 생각을 오래 했다.

나는 언젠가 그가 내게 보내준 짧은 영상을 기억하고 있었다. 해질 무렵 남해 바다를 찍은 영상이었다. 그리고 노도섬으로 가는 배를 타고 바다를 건너며 생각했다. 아, 이 바다가 그 바다구나. 그렇게 나는 무사히 바다를 건너 시상식에 참석했고, 상을 받았으며, 이후 수상자들과 함께 기념사진을 찍었다. 그러나 사진에는 제의 이야기를 모두 담을 수 없었다. 그러니까 내가 남해에서 제를 생각했다는 사실은 사진으로는 기념될 수 없는 어떤 것이었다.

3

한편 부산에서는 국제영화제가 열리고 있었다. 친한 작가들이 그곳에 모여 있다고 해, 시상식이 끝난 후 곧장 부산으로 갔다. 2박 3일 동안 머물 예정이었다. 영화 티켓도 없이 그저 영화제 분위기를 즐기면서.

첫날에는 작가들을 만나 술을 진탕 마셨다. 그날 나는 내가 이렇게까지 소주를 잘 먹을 수 있는 사람인지 처음 알았다. 물론, 함께했던 그 작가들은 나보다 훨씬 더 잘 마셨지만 말이다. 어쨌든 상상 이상의 사람들이었다. 분명 다음 날 아침에 일정이 있다고 했는데, 이 사람들이…….

다음 날 나는 오후가 다 되어서야 일어나 동기 오빠를 만났다. 우리는 매년 영화제에 갈 때마다 서로의 안부를 묻고 시간 내어 얼굴을 보는 사이였다. 우리는 영도에 있는 카페에 갔다. 그곳에서 맛있는 커피를 마시며 만날 때마다 하는 옛이야기를 또 꺼냈다. 그런데 오빠, 그거 알아? 10여 년 전 크리스마스 솔로 파티에 모였던 사람 중 이제 오빠랑 나만 남았어. 그러자 오빠는 진지한 표정을 지으며 내게 말했다. 기대해, 이제

너만 남게 될 거야. 그게 기대할 일인지는 모르겠으나, 그 말을 듣자 은근히 기대가 되었다.

이어서 우리는 한탄을 시작했다. 우리가 얼마나 미숙한 인간인지에 대해, 얼마나 허술하고 또 바보 같은지에 대해. 그래서 저지르게 되었던 잘못과 수많은 실수에 대해. 그러다가 오빠는 내게 말했다. 이제야, 우리 둘 다 정말 허술한데 주변에는 좋은 사람들이 많아서 겨우 살아가고 있는 거야. 그러니 주변에 잘해야 돼. 그 순간 내 머릿속에는 함께했던 편집자님들이 스쳐 지나갔다.

커피를 마신 후에는 택배를 보내려고 함께 우체국에 갔다. 남해에서부터 들고 온 짐이 너무도 무거웠기 때문이었다. 그런데 마침 공휴일이라서 우체국 택배를 보낼 수 없었고, 오빠는 자기가 내일 택배로 보내줄 테니 자기에게 맡기라고 했다. 나는 오빠가 얼마나 허술한 사람인지 잘 알고 있었기에 걱정이 되었지만, 선량한 마음을 거절할 수 없어 알겠다고 했다. 나는 오빠에게 짐을 맡긴 후, 다음에 또 허술하게 만나자는 약속하고 헤어졌다.

그리고 역시나 아주 오랫동안 택배는 오지 않았

다. 심지어 거기에는 내 트로피도 있었는데 말이다. 오빠는 내가 보낸 카톡도 거의 한 달째 읽지 않았지만, 오빠가 어떤 사람인지 잘 알고 있었기에 서운하진 않았다.

4

연기과 수업을 들은 적이 있었다. 연기하는 사람들의 입장을 이해하고 그들과 더 잘 소통하고 싶었다. 당시에 연기과에 소문난 수업이 있었는데, 그 수업은 매우 흥미로운 방식으로 진행되었다. 대본 대신 간단한 상황만 주어지는 연기 수업이었다. 그러니까 주어진 역할을 수행하는 것이 아니라, 수행을 통해 역할을 만드는 방식을 연습했던 것이다. 스튜디오 안에서 각자 역할과 즉흥적인 서사를 만들어가는 게 재미있었다. 한 번은 시작하자마자 누군가 나를 총으로 쏴, 한 시간 동안 차가운 바닥에 누워 시체 연기를 해야 했지만 말이다. 어쨌든 나는 그 수업을 통해 서사가 뻗어나갈 수 있는 무한한 가능성과 우연성에 대해 진지하게 생각하게 되었다.

한번은 교수님과 다 함께 인사동 갤러리에서 아프리카 미술작품을 감상했다. 그리고 근처 보리밥집에서 점심을 먹은 후, 마지막으로 인사동 거리를 배경으로 하여 단체 사진을 찍었다. 현장 체험 학습을 기념하기 위한 것이었다. 그 사진은 더 이상 내게 없지만, 그 거리를 걸을 때마다 그때의 일들을 떠올리곤 했다.

5

제는 인사동을 좋아했다. 그곳에서 구수한 말차를 마시면 마음이 평온해진다고 했다. 제와 함께 인사동에 간 적은 없었지만, 다음에 같이 가보자는 말이 나를 설레게 했었다. 지금쯤 제는 그런 사사로운 말들을 모두 잊었을 테지만.

이루지 못한 사랑을 혼자서 추억하는 게 얼마나 꼴사나운지는 나도 잘 알고 있었다. 내 소설에도 이루지 못한 사랑을 추억하는 지질한 인간들이 잔뜩 나오니까. 그렇게 생각하니, 한번쯤은 사랑을 이뤄주고 싶다는 마음이 들었다.

그래, 이루는 사랑을 쓰자.

6

그 수업을 함께 들었던 영화과 친구 '안'은 몇 해 전 결혼을 했다. 이후, 안은 친구들을 만날 때마다 장인어른으로부터 선물받은 필름 카메라를 들고 왔다. 그냥 혼자 추억으로 찍는 거라면서, 친구들의 모습을 카메라에 담았다. 안은 충무로에 '망우삼림'이라는 사진관이 있다는 것을 내게 알려주었다.

나도 필름 사진을 다시 찍어볼까. 대학교 1학년 수업 때 사용했던 필름 카메라가 방구석 어딘가에 뒹굴고 있었기에 그걸 다시 꺼내볼까 했다. 중고나라에서 간신히 구매한 니콘 FM2 카메라. 혹시라도 사기를 당할까 벌벌 떨면서, 내 인생 처음이자 마지막으로 시도했던 중고 거래였다. 다행히 사기는 당하지 않았다.

그리하여 망우삼림에 갔다. 10년 넘게 사용하지 않은 카메라가 잘 작동하는 확인도 할 겸 필름을 구매할 계획이었다. 그런데 사진관에 도착하자마자 문제가 생겼다. 갑자기 뷰파인더에 문제가 생겨 아무것도 보이지 않게 되어버린 것이었다. 곧바로 근처 카메라 수리점에 갔지만, 기다리라는 말만 남기도 떠난 사장님은 한 시간이 다 되도록 돌아오지 않았다. 결국 나는 카메라를 고치지 못한 채, 술만 마시다가 집으로 돌아왔다. 카메라에는 먼지가 쌓여가고 있는 중이다. 그때 필름 카메라를 고쳤다면 나는 무엇을 찍을 수 있었을까.

물론, 나는 이미 찍고 있었다. 내 손에는 언제나 휴대폰 카메라가 있었으므로 나를 스쳐 지나가는 순간들을 언제든 찍을 수 있었다. 이제 우리에게 사진을 찍는 일은 밥을 먹고 양치를 하는 것과 같이, 매일 반복되는 일상의 한 부분이었다.

나는 사람들에게 내가 찍은 사진을 보여주고 싶었다. 내가 보았던 것을 누군가와 함께 보고 싶었기 때문이었다. 그런데 그 말은 즉 무언가를 볼 때 내가 혼자였다는 증거이기도 했다. 언젠가 나는 내 사진첩을 훑어보던 중에 내 사진이 별로 없다는 것을 우연히 알게 되었다. 그날 처음으로 누군가 나를 찍어주었으면, 그러니까 애정 가득한 시선으로 나를 찍어주었으면 좋겠다는 생각을 했다.

다른 사람의 눈에 비친 나를 보고 싶었다.

다른 사람의 눈이 되어보고 싶었다.

7

"서울은 수도 그 이상의 의미였다. 누군가에게는 보다 나은 삶을 살기 위한 필수 조건이었고, 누군가에게는 성공의 지표였으며, 또 누군가에게는 사회계층 이동을 위한 진입로이기도 했다. 그러나 한 사회로의 진입은 다른 사회와의 단절을 의미할지도 모른다. 한 개인이 계층이동을 욕망하는 동안, 한 사회에 진입하려고 애쓰는 동안 등을 지게 되었던 것들에 대해 생각하고자 했다"라고 작가 노트에 썼다.*

어린 시절, 내게 서울은 수도 그 이상의 의미였다. 내가 보고 싶은 공연과 전시는 늘 서울에서 열렸기 때문이다. 또 내가 보고 싶은 영화를 보고 영화 작업을

* 서이제, 「진입/하기」 작가 노트, 『깃』 4호, 이음, 2023

하려면 서울에 살아야 했기 때문이다. 서울을 바라보고 달리느라 뒤를 돌아본 적이 없었다. 그러나 그건 서울로 대학을 오거나 취업을 한 고향 친구들도 마찬가지였다. 어떻게 해서든 서울에만 가면, 우리에게 더 나은 삶이 있을 거라고 믿었다.

그러나 코로나 시기를 지나며 나는 이에 대해 다시 생각하게 되었다. 외출을 삼가며 집에서 홀로 보내는 시간이 길어질수록, 지금 어디에 있는지 무감각해지기 시작했다. 여기는 정말 서울인가. 그런데 구태여 이곳이 서울일 필요가 있나. 오직 문화예술의 수혜를 받기 위해, 나를 행복하게 하는 그것을 향유하기 위해, 안간힘을 쓰며 지금껏 서울에 매달려 있다는 것을 깨달았다. 그리고 나는 아주 공허하고 외로웠다.

언제부턴가 서울에서의 삶이 너무도 피로하게 느껴졌다. 지하철에 몸을 욱여넣고 사람들과 부딪히지 않으려 요리조리 몸을 피해 다니는 것만으로도, 그렇게 하루를 보내는 것만으로도 에너지가 다 소진되었다. 점점 방을 치우거나 제때 일어나는 게 어려워졌고, 글을 읽거나 영화는 보는 일조차도 버겁게 느껴졌다. 나중에는 무언가 골똘히 생각하는 일조차도 힘들어졌다. 그러다가 코로나 바이러스에 감염되었다. 혼자 며칠간 앓았고 미각과 후각을 잃었다. 무얼 먹어도 기쁨을 느낄 수 없었다.

8

작년 겨울, 8년 만에 우연히 제를 만났다. 나는 남해에 갔었다고 말했다. 그곳에서 네 생각을 했었다고.

이후 우리는 이따금 만나서 영화를 보았다. 한 번은 라이카 시네마에서 〈블루 자이언트〉를 보았고, 또 한 번은 씨네큐브에서 〈리빙〉을 보았다. 눈이 내리는 장면을 보고 극장을 나오니 눈이 펑펑 내리고 있었다. 우리는 눈을 맞으며 정동길을 걸었다. 영화와 현실의 경계를 통과하고 있는 듯했다. 마치, 창문을 통과하는 빛과 같이.

그리고 한 해의 마지막 날에는 아키 카우리스마키의 〈사랑은 낙엽을 타고〉를 보았다. 우리는 그 영화가 마음에 들었다. 메마른 현실 속에서 사랑을 갈망하는 사람들이 나왔다. 그들의 사랑으로 하여금 끝내 모든 것을 극복하는 이야기였다.

9

언젠가 극장에서 요나스 메카스의 〈Lost, Lost, Lost〉를 본 적이 있었고, 지금은 그 영화에 대한 기억 대부분을 잃어버렸다. 아직까지 내가 기억하고 있는 건, 토끼 똥에 관한 것뿐이다. 그러니까 한 사내가 삶을 알기 위해 먼 길을 떠났지만 그 끝에는 아무것도 없었다는 이야기, 그곳에는 그저 토끼 똥뿐이었다는 이야기. 무척 아름다운 이야기였기에 몇 번이고 머릿속으로 되뇌곤 했었다.

토끼 똥뿐이었다…….

토끼 똥뿐이었다…….

그날 함께 영화를 보았던 친구들과 정동길을 걸을 때도 내 머릿속은 온통 토끼 똥뿐이었다. 내가 토끼 똥에 매료되어 있는 동안, 한편 친구들은 어째서인지 영화가 아니라 사진에 대해 이야기를 하고 있었다. 그러니까 기록을 위한 사진과 기념을 위한 사진에 대한 이야기. 나는 토끼 똥을 기념할 수 있을까.

정동길 끝자락에 이르러, 나는 친구들에게 언젠가 '기록과 기념'에 대한 소설을 쓰겠다고 말했다. 이미 지나간 어떤 날들을 위해, 미처 사진으로 기록되지 못한 순간들을 기념하기 위해 이 책을 썼다.

해설

수호천사로서 일인칭 화자

— 강덕구(영화평론가)

"이제부터 기억이 존재한다."

조르주 페렉

나는 서이제를 모른다. 소설만 읽었을 따름이다. 소설을 읽었다면 그를 아는 건 아닐까? 소설을 읽었으니 아는 것은 아닌가. 소설을 읽었음에도 나는 그를 안다고 확언하지 못하겠다. 혹은 소설만 읽었기에 그를 모른다고 해야 정확할까? 내가 아는 건 서이제 소설의 화자뿐이다. 시간이 지나면 내가 확신한 화자의 존재조차도 뭔가 희미하다고 느껴진다.

나는 그의 이야기를 들었다. 그가 만든 공간을 바라보았다. 그의 시선을 따라갔다. 우리가 글이라고 부르는 모든 것은, 특정한 지점을 가리키면서도 시작한다. 특히 일인칭시점은 카메라 렌즈와 같다. 그것이 포착하는 대상은 카메라가 찍어내는 사진처럼 언제나 현실의 일부분으로서 부분적인 공간을 파생시킨다.

「이미 기록된 미래」는 이인칭으로 서술된 소설로, 화자인 나는 '너'라는 지점을 특정한다. 그러나 우리는 '너'라는 지점이 무엇을 의미하는지 알 수 없다. 나는 '너'를 특정하여 그 공간을 구성하는데, 그 공간의 면적과 생김새는 불명확하다.

소설의 화자는 이렇게 말한다.

> "자다 깨어나, 내 옆에 곤히 잠든 너를 본 적이 있었다."(50쪽)

서이제는 '너'의 정체에 관해선 극도로 혼란스럽고, 모호한 뉘앙스만을 남긴다. '너'가 누구인지, '너'는 어떤 삶을 사는지, 서이제는 '너'를 말 그대로의 일반명사의 용례처럼 쓴다. 너는 캐릭터나 인물이 아니다. 이는 곧 '너'가 개성을 상당 부분 탈각시킨 인물이라는 말이고, 그것은 서이제 소설의 분위기를 규정한다. 「이미 기록된 미래」의 화자는 마치 최면에 걸린 듯한 나른

한 목소리로 말한다. 그러므로 서이제 소설에서 '서술'은 사건을 구체적으로 해설하는 대신, 얽히고설킨 의미들이 가진 복잡한 뉘앙스를 전해주는 데 활용된다고 할 수 있다.

> "그 무렵 꿈을 자주 꿨다. 비가 오는 꿈을, 그러니까 비가 오는 날 누군가와 함께 우산을 쓰고 걷는 꿈을 꿨다. 누군가 몇 번이고 내 꿈에 나왔지만, 나는 그가 누구인지 정확히 알 수 없었었다."(55쪽)

꿈이라는 단어는 세 번이고 네 번이고 반복된다. 서이제는 먼저 꿈을 꿨다고만 말한다. 이어서 꿈에 관한 조금 더 자세한 내용을 언급하지만, 가장 중요한 '누군가'에 대해서는 기억나지 않는다고 한다.

나는 이것이 언어를 조탁하는 실험적 기법이라기보다는, '사물을 두루 지시하는' 일반명사의 성격을 강조하며 독자를 고정될 수 없는 혼란 속으로 이끄는 기술이라고 생각한다. 혼란은 화자 본인의 심중에서도 반영된다.

「이미 기록된 미래」에서 독자는 '이미'와 '기록

된'이라는 문구가 과거형임에 집중할 수박에 없다. 소설은 제목처럼 과거를 먹어치웠다. 과거 시점에서 쓰인 미래는 현재를 가리킬 수 있다. 하지만 서이제는 과거형 시제를 소설 전반에 안개로 제시하면서, 소설의 전반적인 시제를 혼란스럽게 한다.

이는 서이제 소설 세 편을 규정짓는 가장 중요한 요소일 터다. 과거에서 온 기억들은 시간이라는 필터를 거치면서, 시제가 고유하게 가진 뉘앙스는 점점 탈색된다.「창문을 통과하는 빛과 같이」라는 제목이 그러하듯 과거는 기억된 것이고, 이는 체험의 구체적이고 단단한 질감을 허물 것이다.

「창문을 통과하는 빛과 같이」는 복잡한 구성을 취한다. "한때 나는 세연이었다"(9쪽)라는 문장으로 시작하는 소설은 영화 속 인물 '세연'으로 변신한 '나'의 마음에서 시작한다. '나'는 자신이 맡은 배역이자 영화의 주인공인 세연을 이해하고 싶었다고 말한다. 주인공인 '내'가 세연을 이해하고 싶다는 마음의 정확한 실체는 알 수 없다. 서이제는 영화의 정체를 '하이틴 영화' 정도로만 표현하고, 영화의 구체적인 내용을 설명하진 않는다. 다만, '세연'이 '나'의 창문이라는 점은 알 수 있다.

윤 감독이 배우인 수민의 영화를 상영하는 시사회에 같이 가자고 제안하면서 회상이 시작한다. 이때 기본적으로 소설의 내러티브는 점차 감속한다. 대신에 회상의 그림자가 더 길어지기 시작한다. '나'는 윤 감독의 제안을 받자마자 과거 속으로, 그가 연출하고 그들이 출연했던 영화에 관련된 기억 속으로 흩어져간다. 이 순간부터 소설은 '나'의 시점으로 진행되지만, 우리에 속한 '나'는 (내가 맡은 윤 감독의 영화 속 인물인) '세연'의 시점과 수시로 자리를 바꾼다. 예컨대, 〈거침없이 하이킥〉을 좋아한 '나'는 찰나의 순간에 윤호라는 고유명사를 '너'로 치환한다.

> "자신을 가르치는 선생님을 사랑하다니, 그것도 자신보다 훨씬 나이도 많은 데다가 자신의 삼촌을 사랑하고 있는 여자를 말이다. (……) 나는 친구를 보는 것처럼 텔레비전 속 윤호를 바라보았다. 나는 이룰 수 없는 사랑을 하고 있는 그를, 이룰 수 없는 방식으로 사랑하고 있었다."(29쪽)

오토바이를 타고 앞머리를 멋지게 내린 윤호는

'너'로 변신한다.

"우리의 이야기가 이렇게 된 것은 내가 무심코 뱉은 말 한마디 때문이었을지도 모른다. (……) 놀이터에서 보았던 그 남자애가 윤호라는 생각이 들었다. 나도 모르게 말이 흘러나왔다. 수민아, 나 사실 좋아하는 사람 생겼어."(30쪽)

여기서 수민에게 말하는 사람은 세연이다(동시에 '나'의 목소리다). 서이제는 화자의 자리를 '나'에서 영화 속 인물 세연으로 할당했다. 나는 이 소설을 읽으며 여러 번 이야기의 방향을 놓쳤다. 특히 영화 촬영 장면의 목소리를 '나'와 '너'의 관계로 해석해야 할지, 세연과 수민의 이야기로 해석해야 할지 헷갈렸다. 많은 독자들이 이야기의 층위가 섞인다고 느낄 것이다.

이 소설은 '나' '너' '세연' '수민' '윤 감독'이 주인공인 다섯 명의 이야기다. 소설 속 시점은 '나'인 것 같지만, 영화 속 '세연'의 시점이 얼마간은 개입해 '나'를 불투명한 대상으로 만든다. "그렇게 사랑은 현실과 허구를 경유하면서 복잡하게 엉켜 있었다."(29쪽) 소설 속

'나'는 지금은 볼 수 없는, 오직 스크린에서 보이는 '너', 아니 다시 말해 '수민'을 기억한다. 서이제에게 일인칭 화자는 양가적인 위상을 점하고 있다. 그는 모든 것을 기억하는 천재 '푸네스'는 아니므로 그의 기억은 불확실하다. 서이제에게 그러한 불확실성은 이야기 자체뿐 아니라, 화자 자신에게도 영향을 끼친다. 불확실성은 모두를 감염시키는 질병이다.

화자의 자리가 흔들린다. 우리가 듣는 이야기는 하나인데, 말하는 사람이 바뀐다(나 → 세연). 동일한 풍경을 다른 방식으로 기억한다. '우리'라는 범주 안에서 나는 당신이, 당신은 내가 된다. 서이제의 세 소설 모두 이러한 구도를 적용해 서로 느슨하게 섞여든다. 이들은 각각의 독립된 소설로도, 하나의 연속적인 연작소설로도 읽을 수 있다. 서이제는 연작소설이라고 하면 흔히 떠올릴 수 있는 연속성 있는 구성을 따르지 않는다. 대신, 동일한 과거에 대한 상이한 기억이라는 셈 친다. 이야기의 선후는 중요하지 않다. 나는 여기서 제발트의 그림자를 느낀다.

제발트는 제임스 우드와의 대담에서 '화자의 확실성'에 대해 다음과 같이 말했다.

“저는 사실과 허구 사이의 그 불확실성을 정확히 부각시키는 것을 꽤 의식적으로 시도하고 있죠. 우리가 가지고 있다고 생각하는 지식이 대부분 스스로를 속이고 있다고 보기 때문입니다. 우리는 따라갈 무엇인가를 만들려고, 우리의 욕구와 불안에 맞추어 가려고, 우리 자신에 안정감을 주기 위해 직선적인 형태의 길을 만들어냅니다. 그래서 저는 안정감을 주는 특성을 지닌 무언가를 서술하는 이 전체 과정을 의문시합니다. 화자 자신의 행위에 관한 불확실성이 독자에게도 전해져, 이런 문제로부터 작가가 느꼈던 자극을 독자 또한 비슷하게 느끼거나, 느껴야만 할 겁니다. 화자 자신의 불확실성을 수긍하지 않는 소설 쓰기는 가식의 일종이라고 봅니다. 저는 그런 작품을 받아들이기 힘들고요. 화자가 텍스트 안에서 자신을 무대감독, 연출가, 판관, 집행자로 내세우는 모든 형태의 작가적 글쓰기는 어떤 식으로든 받아들일 수 없습니다. 이런 종류의 책을 읽는 것을 견딜 수 없어요.”*

* James WOOD, “An Interview with W. G. Sebald”, BRICK, https://brickmag.com/an-interview-with-w-g-sebald. (2024년 4월 14일 접속)

앞에서 두 편의 소설을 읽고 나서 「진입/하기」를 읽는다면, 화자의 불확실성은 더욱 강력해진다. 서른 살이 된 '나'의 이야기. 나이로만 가늠했을 때, 이 소설의 주인공이 앞선 소설에서 만났던 화자임을 짐작할 수 있다. '나'는 동창인 지수에게 청첩장을 받고, 과거 속으로 진입한다. 이때 화자가 기억하는 풍경은 지극히 한국적이고, 소도시적인 풍경이다. 놀이터를 뛰어다니고, 그네와 시소를 타고, 경로당도 있는. 2010년대 중반 이후부터 아파트 대단지는 과거를 회상하는 주요한 노스탤지어로 기능했다. 둔촌 주공 아파트 단지를 다룬 이인규의 책은 큰 반향을 일으키기도 했다. 고향으로서의 아파트. 서이제는 1991년생, 나는 1992년생으로 엇비슷한 시기를 보냈고 아파트에 비슷한 감상을 느낄 테다.

서이제는 이처럼 기억 속의 풍경을 활용해 이야기 전반의 속도를 감속시키고, 기억의 영역을 확장하는 이야기 전략을 취한다. 서이제가 놓인 별자리의 한가운데는 제발트라는 행성이 있을 것이다. 그런데 제발트 소설의 화자 혹은 제발트가 참조한 바 있는 조르조 바사니의 소설과 비교할 때, 서이제가 묘사하는 풍경이 상당 부분 기억을 잃은 공간이라는 점은 흥미롭다. 제발트는 역사가 파괴된 장소로 여행한다. 그는 장소들을 할퀴고 붕괴시킨 폭력의 흔적을 반추한다. 제발트가 사랑해 마지않는 조르조 바사니는 『핀치콘티니가의 정원』을 묘지에서 출발시킨다. 그러나 서이제에게 풍경은 역사적 기억, 장엄한 죽음들 앞에서 고개를 숙이고 연기할 만한 의미를 지닌 장소가 아니라, 세상을 그저 떠다니는 평범한 장소인 아파트다.

「진입/하기」에서 '나'는 자동차를 타고 고향을 방문한다. 그는 걸음과 자동차라는 매개적인 행위를 거쳐 풍경을 해석하려고 하지만, 이는 의미가 철저히 박탈된 풍경일 뿐이다. 서이제는 바로 이 일반명사적인 공간을 1990년대 한국인 표본 그 이상 그 이하도 아닌 '나'의 공간으로 해석하고 있다. 이 세 편의 소설에서 제일 충격적인 에피소드가 그때 출현한다.

"지수는 우리를 뒷산으로 데려갔다. 어딜 가는 거야? 개가 보고 싶대."

지수는 뒷산에 묻혀 있는 개를 파내기 시작한다. 개의 사체를 껴안은 아이들은 개의 머리를 쓰다듬는다. 사체를 껴안는 아이의 포옹에는 따스함이 듬뿍 담겨 있다. 하지만 이 그로테스크한 상황은 소설의 흐름을 뒤바꿀 수 있는 연작소설의 절정이라 할 만한데도 화자는 이 상황을 더 해명하길 꺼린다. 예컨대 서이제는 지수와 함께 방문한 아이의 정체를 밝히기도 한사코 거부한다. "그렇게 길을 나섰는데 어느 골목에서 그 애를 만났다. 멜빵바지를 입은 그 애."(92쪽) 아이는 이야기의 곁가지에서 모습을 완전히 드러내지 않고, 화자는 아이의 정체를 추궁하지 않는다. 그러면 아이는 왜 있는 걸까? 아이는 그저 풍경에 속하는 장식물에 존재하는 걸까?

따져보면 세 편의 소설이 그리는 인물 관계도는 비슷하다. '나'와 '너' 그리고 모종의 삼자. 「이미 기록된 미래」에는 '너'를 호명하는 '나'와 내 꿈속에 나오는 '그'의 존재가 있다. 「창문을 통과하는 빛과 같이」에는 '나'와 '너' 그리고 '윤 감독'이 있으며, 「진입/하기」에는 '나'와 '지수' 그리고 "멜빵바지를 입은 그 애"가 있다. '나'는 행동을 하기보다는, 타인의 행동을 바라보는 도구적 존재다. '나'는 창문이고, 카메라고, 자동차의 백미러다. 이러한 이유라면 왜 서이제가 죽은 개를 파헤치는 일을 함께하는 '아이'의 정체를 밝히지 않는지 이해된다. 이는 제발트가 인터뷰에서 말했던 화자의 불확실성 때문이다. 서이제 소설의 화자는 아이를 모른다. 정말 모른다. 그가 거짓말할 이유가 없다. 그는 이야기를 만드는 이야기꾼이라기보다는, 기억에 의존하는 증인에 가깝다.

그럼 소설의 화자 '나'는 왜 기억하는가?

이에 대해서는 제발트가 발저 소설의 서술자가 맡은 역할을 설명한 내용으로 충분히 답변 가능하다. "서술자는 위험한 상태에 빠져 망가지기 일보 직전인 주인공의 친구이자, 대변인, 후견인, 지킴이, 수호천사를 다 합쳐놓은 사람"*이다. 수호천사로서 화자는 소설의 모든 사물과 인물을 보호하는 존재다. 서이제 소설의 화자는 기억한다. 화자 '나'는 망각의 그림자에서 사라졌을지 모르는 존재를 기억 속에서 재생시킨다. 멜빵바지를 입은 아이, 경로당, 야산에 묻은 개에 관한 기억 그리고 '너'에 대한 기억. 이 모든 기억을 가까스로 보존한 화자는, 기억의 잔상을 가지고 음모를 꾸밀 생각을 하지 않는다. 멜빵을 입은 아이나, 죽은 개는 다시

* W. G. 제발트, 『전원에 머문 나날들』, 이경진 옮김, 문학동네, 2021, 178쪽.

는 '나'의 삶 속에 침입하지 않을 터다. 음모는 이야기꾼의 권력이지, 수호천사의 임무는 아니다. 대신 서이제가 '음모'와 서사의 계략을 포기하고 얻은 것은 망각으로부터 존재를 지켜내는 기억의 어마어마한 힘이다. 이렇게 서이제의 소설에서 우리는 수호천사의 하나로, 화자의 기억술에 의해 되살아난 존재들의 삶을 바라본다. 바로 그런 기적을.

수록 작품 발표 지면

「창문을 통과하는 빛과 같이」
『이상한 나라의 스물셋』, 앤드, 2023

「이미 기록된 미래」
『때 vol.1 잠이 오지 않을 때』, 디자인이음, 2021

「진입/하기」
『긋닛』 4호, 이음, 2023

트리플 25

창문을 통과하는 빛과 같이

초판 1쇄 인쇄일 2024년 5월 24일
초판 1쇄 발행일 2024년 6월 19일

지은이 · 서이제

펴낸이 · 정은영
편집 · 방지민 최찬미
디자인 · 이선희
마케팅 · 최금순 이언영 연병선
윤선애 최문실
제작 · 홍동근
펴낸곳 · (주)자음과모음
출판등록 · 2001년 11월 28일
제2001-000259호
주소 · 경기도 파주시 회동길 325-20
전화 · 편집부 02) 324-2347
경영지원부 02) 325-6047
팩스 · 편집부 02) 324-2348
경영지원부 02) 2648-1311
이메일 · munhak@jamobook.com

ISBN 978-89-544-5066-9 (04810)
978-89-544-4632-7 (세트)